跨度长篇小说文库
Kuadu Novel Series

Marriage
is hard

当青春遭遇婚姻

兰泊宁

◎著

中国文史出版社

图书在版编目（CIP）数据

当青春遭遇婚姻 / 兰泊宁著 . -- 北京：中国文史
出版社 , 2017.12
　（跨度长篇小说文库）
　ISBN 978-7-5034-9390-4

　Ⅰ . ①当… Ⅱ . ①兰… Ⅲ . ①长篇小说 – 中国 – 当代
Ⅳ . ① I247.5

　中国版本图书馆 CIP 数据核字（2017）第 170199 号

责任编辑： 刘　夏

出版发行： 中国文史出版社

网　　址：www.wenshipress.com

社　　址：北京市西城区太平桥大街 23 号　邮编：100811

电　　话：010-66173572　66168268　66192736（发行部）

传　　真：010-66192703

印　　装：廊坊市海涛印刷有限公司

经　　销：全国新华书店

开　　本：1/16

印　　张：13.25

字　　数：163 千字

版　　次：2018 年 7 月北京第 1 版

印　　次：2018 年 7 月第 1 次印刷

定　　价：42.00 元

目　录

第一章　从女博士到触电之谜

1

情人节那天，江筱月离开香港飞回青岛。这一天，江筱月忽然对自己的博士身份空前感觉自豪起来，她对自己的能力此刻也是空前地满意，因此她对自己充满了信心，这信心让她的心情空前地好了起来，许久以来在她心理上顽固不化的抑郁全都一扫而光。要知道以前不过是拿一个硕士学位，她的论文就几易其稿才得以通过，弄得她甚至整夜失眠；而这次的博士学位，她却几乎是一次就通过了。梦寐以求的博士学位拿到了，她人生的最高规划终于变成了现实，她此后的人生将被定格在最体面、最受人尊敬、最有学识与修养诸如此类的美丽的辞藻里。

这时候的江筱月其实刚刚拿到博士学位，整整用了四年时间，终于把自己从博士研究生变成了博士，江筱月最大的愿望就是马上回到自己的家。在香港读了四年博士，她在一个与自己家乡青岛完全不同的地方注视着自己的家，时间长达四年，她的思乡情此刻是空前的。

当然在江筱月的思乡情里面，最多的成分还是对自己的丈夫和女儿的思念。但是如此想念丈夫和女儿的她做梦也不会想到，她与丈夫杨伟

1

的情感危机将在这一年里爆发，更没有想到自己也会有什么网友情人，也会做出找什么红颜知己这类最不体面、最让人非议、最让人蔑视的事情来。江筱月绝对想不到的是，自己将在下一个情人节的深夜里，变成一具穿着一身极娇艳华丽又极性感的睡衣、浸泡在血红色水的浴缸里、发出焦煳气味的触电女尸。

2

作为高级工程师的杨伟现在已是市政设计院的一个小部门的负责人了，但今天他没有用单位的司机，而自己开着单位专门给他配备的车，去青岛流亭国际机场接刚刚成为博士的妻子江筱月。

黄色富康拐过繁华路段，停靠在一栋高层住宅楼下。杨伟将江筱月的大箱子从车后厢拿了下来，体贴而绅士地为江筱月提着。

江筱月一下车，才走上门前的几步台阶，青岛的车声人声锅铲声、尘味人味油香味，便殷勤地迎上了她的耳鼻。虽然放眼全是柏油路面、高楼林立、车水马龙，但香港是香港，青岛是青岛，顿时一阵熟悉和温馨感涌满了她的心头，一别就是两年多！在香港求学四年，江筱月只回来过一次，真想家啊。

乘电梯上了楼，杨伟提着大箱子快步走在前，为妻子打开家门。洋溢着排骨圆贝汤鲜味的家里，充满了居家的亲切，江筱月的婆婆把家里的角角落落都收拾得干干净净，秩序井然。

"哦，是筱月回来了！"公公、婆婆欢呼了一声，接着江筱月的女儿就一个高儿跳了过来，可小家伙见了久别的妈妈反倒愣住了，似乎日思夜想的不是这个人，江筱月不禁感慨万千，热泪盈眶。一只叫皮皮的长毛小狗却不认生，它一见到江筱月，就亲热地扑上来闻啊嗅啊，让江筱月一下对它生出无比的亲切感。

进了丈夫特意用古龙香水喷过的卧室，换了衣服，江筱月一个"大"字扑上床。家啊家，家里真好，自己的家真可爱。

3

这一年的情人节很特别，对于有着春节传统的中国人来说，"三日十五三日年"，大年虽然过了，可还是一派春节的气象，得正月十五过完了，这个年才能算过完。那一年的正月十五就是情人节，在浓浓的年味里面，都市里的各家花店是生意最好的。杨伟在那一天里，浓情蜜意地送给他刚刚从香港拿回来心理学博士学位的妻子江筱月一大捧玫瑰，当然还有巧克力。他同时还有一样特别的礼物送给妻子，那盒包装精美的巧克力还附带赠送了一盒安全套。虽然这个东西对于在生育过后就采取了长久措施的江筱月来说，并没什么实际价值，可安全套是一个符号，一下子就唤起她这四年非常压抑的渴望，让江筱月一下子就特别兴奋起来。

4

江筱月虽然在香港待了四年，虽然她在回到青岛的那天晚上，家里给她摆了一桌隆重的庆功宴，为她终于拿到的博士学位。江筱月在特别兴奋中，虽然还讲了一个外籍同学对她的狂热追求。甚至江筱月还说，不过此人不是人高马大的洋鬼子，而是亚洲人，一个新加坡留学生。"新加坡男人的英式浪漫，就是要比香港男人的英式浪漫来得纯粹。相较而言，港人的拥吻是快餐式的，而新加坡人则更注重拥吻情调的营造和深入。"这是江筱月听香港的女室友说的，但她并没真正领教过，生于八十年代的她，骨子里还是很传统的。没办法！虽然有这么多的"虽然"作为新潮前卫的符号出现在江筱月的话语系里，但江筱月的行为还是很传统的。生于八十年代的人，是生活在时代夹缝里的一代，他们既传统又前卫，既现代又古典，既叛逆又顺从。所以，江筱月虽然在行为上没有背叛自己的丈夫，可是她毕竟不是杨伟母亲这些老辈人的保守一代了。但当着全家人的面，江筱月看见了丈夫送给自己的情人节礼物里居然还有一盒明晃晃的安全套，顿时不觉粉脸涨红热辣辣的，马上就接了过去，麻利地将那盒东西放到自己的手提包里。同时江筱月仔细地观察了一下周围，好在杨伟的父母也就是她的公公婆婆都是些老派人物，根本没有注意到那个透明胶带束住的是个什么东西。而江筱月的小姑子杨扬虽然已是二十岁出头，虽然人长得蛮漂亮，虽然有一大群的追求者，可这个小姑娘还纯得一塌糊涂，一点也没有注意到这个，她正在非常开心地与她说是"同事"的、性别不明的可疑家伙在讲电话呢，现在的年轻人没事儿就喜欢煲电话粥。而江筱月的女儿还是一个混沌未开的小天使，她对那个东西更是视而不见。

粉脸涨红的江筱月心在狂热地跳着，而对丈夫的爱与情早物化成了巧克力融化成满口的甜蜜。她是一个非常敏感且有些抑郁症倾向的人，丈夫的这一举动说明了他对自己的爱没有变，结婚六年，她出外四年，两个人的爱一直保鲜着呢！对于那个什么即将来临的七年之痒，江筱月在香港时还曾非常担心，但现在她觉得自己真是有些杞人忧天的好笑了。

5

杨伟的妈妈为欢迎终于学成归来的儿媳妇准备了一顿丰盛的晚餐。全家人用餐时的气氛空前温馨，江筱月望着操劳的婆婆，不禁满心的感激。

正吃着，杨伟的手机突然响了，他随意地拿起来，一看手机显示屏上的电话号码，顿时一丝别人不易觉察的惊慌从他的表情中闪过，然后他很自然地将这个响个不停的来电掐断了，然后还更自然地吃了一会儿，才找借口离开饭桌，去了卫生间。敏感的江筱月觉察到了杨伟那丝别人不易觉察到的惊慌，同时她的听觉也空前发达地让她感觉到了，杨伟此刻在卫生间里回电话，尽管他的声音压得很低，还有客厅里的电视声音和女儿的嬉闹声。当时江筱月虽然表面上没有流露出什么，可她的心情一下子就变得很坏，一种淡淡的不祥感笼罩在她的心头。

江筱月的童年很不幸，母亲在生下她后离开了人世，是奶奶把她拉扯成人的，父亲对她这个女儿只有经济上的义务，从来没在感情上有什么付出。但好在成年后江筱月还是幸福和幸运的，有慈祥的公婆，有聪明可爱的孩子。江筱月的公公是个处长，他让这个家富足小康；而善良的婆婆从江筱月生下女儿后，就退休在家看孩子。江筱月还有优秀的丈夫，一个生于八十年代初的有着硕士学位和高级职称、高收入、专用车其实也就等同于私家车的标准白领。但是江筱月的心里却一直有种不安全感，可能这与她童年时在不幸中成长有关，那种让她甚至有朝不保夕的感觉的岁月让小小的江筱月过早地出现了抑郁的倾向。

四年前，作为青岛大学讲师、当时还是一个硕士的江筱月终于有机会到香港深造了，去读博士。江筱月在无比地激动兴奋中却又非常不放心，她知道，自己此去，就意味着她那位在市政设计院当高工的丈夫杨伟要在没有女人的滋润下干熬四五年呢。杨伟长得英俊，但生性风流，当然他的风流也是受了当前那么泛滥的性解放类言论的影响。

在香港攻读博士学位的时候，因为打不起长途电话，江筱月就与丈夫在网上聊天，但丈夫总是与别人聊得顾不上妻子。这一小小的插曲，让江筱月在当时就凭着一个女人的直觉断定，把正当三十一枝花的丈夫一个人扔在家里，她的家庭会出现巨大危机的。不过对于这一点，江筱月总是暗存一丝侥幸，她总是这样想：或许不会吧。但江筱月毕竟是一个智商超高的女人，理智和社会阅历告诉她，这种侥幸存的概率极小，因为没有女人的寂寞会让雄性激素过旺的杨伟发疯的。是的，寂寞是一个最可怕的杀手，它会将自己与丈夫的纯洁情感杀伤得不成样子，甚至将杀伤她的生命。虽然同样的寂寞也在折磨着江筱月，可她能克制住自己，为了那一丝暗存的侥幸。

6

杨伟在卫生间回电话，江筱月的直觉告诉她，老公应该是打给一个女人的，只有这样的解释才符合常理，那种在电视剧和小说里所巧妙设置的误会一般说来，发生的概率比她的侥幸还要小。不过江筱月又在心里告诉自己是错觉、是误会，这样她才能感觉稍许宽慰，可她一面自我欺骗着，一面却非常认真地偷偷查看了杨伟的手机，却发现果然在他去卫生间的时间里打过一个电话，还是回给刚才打来的那个电话，只不过通话时间很短，仅仅一分零一秒。可这似乎也说明了点问题，而更能说明问题的是，情人节那天晚上，这对久别重逢夫妻的床上必修课，丈夫亲热得那样虚假和敷衍。

事实上，江筱月的渴望太久了，积蓄也太多了，自从两年前探亲回去后，就一直激情未退。在回国的前一天晚上，在与同学们欢庆学成时，品味着香格里拉大酒店的五星级旋转自助和镇了冰的红酒，江筱月感觉自己再也镇不住对老公强烈的思念，这种思念很大程度上就是激情的渴望。对于一贯以目光穿透力和话语品鉴力自信的江筱月来说，她对老公的评价是他有过人的学识和智慧，却没有过人的自制力，但这是她对他一直深藏不说的一句评语。

情人节那天晚上的月影也像是在旋转，轻摇慢曳的，连着窗外的霓虹，也都被摇曳得魂不守舍。晚饭后，带着醉意的浅笑，江筱月把自己心中对那个电话的不快压了下来，两个人很快就亲热缠绵起来。

杨伟在江筱月直扑面的芬芳鼻息中，那种久违的熟悉感觉被唤醒和点燃了，他心猿腾脱，意马神驰，可同时他却深深担心自己是否有能力在同一个日子里的白天和夜晚应付两个激情过盛的女人。要知道这两堂床上必修课相距时间其实不超过十小时，自己毕竟没有二十出头时的血气方刚了，而妻子是尤其不能让她失望的。

江筱月感觉到了老公有应付的无奈，但是过久压抑的欲望却让一股不可抑止的热流沿着脊椎直奔上她的大脑，说："……久别胜新婚，老公，亲爱的，你说是吗？"

激情过后，感觉满足的江筱月横枕在杨伟的胸上。这时窗外的月光透过纱帘，熠熠闪闪的，斜筛进室内，让满室都是浪漫与诗意。"老公，我听见了你的心跳声。"闭着眼，江筱月呢喃道。

"……我的心，只为伊人跳！"杨伟回应的胸音低沉而绵长，麻酥酥的，震颤着江筱月的心扉。

"哦！天哪，骨头都软了！"经受不住，江筱月一骨碌翻起身，爬到杨伟的身上，把樱唇贴了下去。杨伟在心中暗皱了一下眉头，脸上却带着笑，用唇轻轻迎碰了一下，继而柔声说道："好了！筱月，我今天太累了，这几天我一直在忙一个非常重要的设计图，呵，我们睡吧。我这做丈夫的也尽了责任了。"

"不嘛！嗯——"最后这一声，江筱月拉着长音，以示撒娇。因为江筱月知道女人不管有多么高的学历和地位，在丈夫面前都必须会撒娇。江筱月流转着眼角的风情，使劲压住了他。女人，情欲高涨中的女人，别说这一套理由，纵然是天崩地裂，又怎能阻止其任性的激情呢？杨伟想。女人真是的！女人永远是感性动物，不管她有多么高的智商、多么高的学历。

7

江筱月如此疯狂地折腾过后，终于睡着了，她睡得很香很沉，但杨伟却睡不着。

在情人节的前一天，也就是他妻子江筱月从香港回来的前一天，杨伟做了一个可怕的梦，在他们自己的家里。杨伟与江筱月本来有自己的住房，但江筱月出去攻读博士学位以后，因为孩子需要母亲帮着照料，所以他就搬了回来，江筱月回来后也是与他一起住在杨伟婚前住的房间。所以在杨伟家里人包括他妻子都以为杨伟他们自己的家是没有人住的，其实不然，杨伟并没有让它浪费，那当然是杨伟与另一个女人的销魂天堂，不过这个女人可不是固定的哪一个。杨伟现在最心爱的女人正住在他租赁来的一户楼房里，在这个他现在最心爱的女人之外，杨伟也并不拒绝任何一个可能的艳遇，因为据时下流行的观点，唯有如此，生命的质量才够高，否则就是浪费、就是和自己过不去，时尚嘛；否则杨伟就会回母亲那里住，毕竟孩子都三四岁了，需要父亲的教育，他不允许自己离职太久太多。但在情人节的前一天，杨伟却决定自己一个人住在这里。

杨伟受过中国最好最正规的学术训练，如果中国真有这样的学术训练的话。从小到大，从一系列重点的中小学校毕业后，杨伟顺利地考入名牌大学，在那里杨伟度过了七年青春，拿到了一张学士文凭和一张硕士文凭。这两张薄薄的纸片，在国人现有的价值体系里证明了杨伟是这个国家里受教育程度最高，至少是较高的人群中的一分子。

在杨伟所受的学术训练中，一切都必须用理性、事实、统计图表和实验数据来说明问题，而且他不是学术混子，绝对是其所学领域里的高才生，讨论课上杨伟提出的问题经常让教授们难堪，与之同步地，杨伟的毕业论文也着实让他们骄傲了好一阵子。但是这些可敬的教授不会知道此刻他们的高才生正被一个简单得不能再简单的问题困扰，甚至弄得身心疲惫，而这个问题就是情感问题或者说婚姻危机，杨伟实在不知道在婚姻与情感这两者之间应该何去何从了。

8

情人节的前一天晚上，杨伟就是带着这样一个简单问题的困惑进入睡眠的。不知睡了多长时间，杨伟在熟睡中突然感到浑身发冷，鼻子里满是腐臭的焦煳味。于是杨伟艰难地睁开眼睛，眼前竟然一片黑暗，突然，杨伟在黑暗中看到了一双可怕至极的眼睛在他头上不出一尺处，正死死地瞪着他。杨伟吃惊地大叫，但喉咙里只发出一丝微弱的声响。杨伟就只好瞪大眼睛，恐惧至极地盯着那双爬满了血丝的眼睛，却发现它长在一张看不清眉眼鼻唇的脸上。有长发乱蓬蓬地披散下来，直垂到他脸上，那恶毒的目光和气味让杨伟窒息。半天，杨伟才断定这是一个身材高且瘦的女人，正僵硬地站在床前，俯身端详着他的脸。杨伟不禁浑身发抖，冷汗从每个毛孔里拼命渗出，但身体却僵住了，分毫动弹不得，杨伟因恐惧而张大的嘴里涌进一阵阵的臭气。那个女人隐匿在黑暗中，轮廓模糊，能看清的只是她突然伸向杨伟的一条胳膊，手腕处有一条深深的伤口，此刻那血管里面的血都流干了，只有几滴还算新鲜的血珠在闪着晶莹的光，伤口处异常清楚地露出已经死亡的碎肉。

杨伟孤寂地躺在黑暗中。这个梦魇不知持续了多久，好像有几个世纪那么漫长，他听见自己心跳的轰鸣，那双死死地盯着他的可怕眼睛里流露出恶毒的残忍和报复的快感。突然，那个女人的右手缓缓抬起，向着他的脸伸过来，"啊"的一声，憋在杨伟喉咙里许久的惊叫终于冲口而出了，可在他心脏发疯地跳着的时候，她的手近在咫尺，但不知为什么一直没有落下来。

不知又过了多久，杨伟感觉自己才缓醒，于是他小心地睁开眼睛，却发现对面墙上一个暗淡的人影正在渐渐消散，他艰难地认真巡视观察，却只见一地空茫茫的月光，别的什么都没有。

杨伟长出了一口气，感觉自己像死过一次一样虚脱。打开床头的台灯，昏黄的暖光让他心神稍宁，但全身的冷汗却一时半会儿干不了，因为刚才冒得太多了。

一个多么可怕的梦！杨伟在心里对自己说。然后翻身坐起，竟发现拖鞋湿了，满地都是淡红色的水。接着杨伟就听见卫生间里隐隐传来了水声，里面亮着灯。

杨伟心里突然一阵没来由的恐惧，轻轻喊了一声："筱月！"没有回答。杨伟起身蹚水向卫生间走去。水声越来越大，推开门，他听见自己的口中发出一声哀号，江筱月正穿着一身极娇艳华丽又极性感的睡衣躺在浴缸里，血水淹没了她，她手腕上撕开一条丑陋的裂口，青色的血管在裂口处突显。杨伟无力地沿墙坐倒，望着江筱月的尸体，脑中一片空白。

渐渐地一股强烈的腐臭焦煳气味让杨伟难受得直想呕吐，他只好起身，再次四处巡视观察，却发现原来江筱月居然来了个双料自杀，割腕并触电！杨伟真实地听到自己发出一声凄厉的哀号，然后就晕倒了。

直到第二天早上，杨伟才真正地从梦中醒来，直到这时他发现江筱月的自杀原来不过是他的梦中梦。一场梦中梦！

9

江筱月现在是心理学博士了，当年在她还是杨伟的大学校友时，就曾被捧为"天才心理学家"，谁知她的毕业论文却出了问题，毙了几稿后终于被迫换了选题才总算是通过了。从那时起江筱月就开始失眠，并且抑郁的倾向也越来越重，一开始杨伟以为她是让硕士生毕业答辩给闹的，但毕业后她依然没怎么好转，江筱月还曾经到北京的一家大医院找专家看过她的抑郁症。

与江筱月不同，杨伟顺利地拿到了硕士学位，当然他们所学的专业也不同，只不过同在一所大学里而已。然后杨伟就顺利地在市政设计院当了一名工程师，赚钱多，工作也不算累，但正因为不累，杨伟常常感觉十分无聊。

在可怕的梦中梦后的第二天，江筱月就回到了青岛，而这时的杨伟一直在苦苦琢磨那个可怕的梦，杨伟差一点就想请妻子这个心理学博士给他分析一下那个梦的含义，但话到了嘴边，他又咽了回去。因为他怕江筱月会酸溜溜地说："你的梦里全是女人，还怪我会想不开自杀吗？"可是杨伟心里非常清楚，那个梦连一点性的意味也没有，绝对没有！

当然也正是在那个可怕的梦中梦的驱使下，杨伟在江筱月飞临青岛前，赶到花店给她买了一大捧极漂亮也极昂贵的蓝玫瑰。

10

从香港回来，重新开始了正常工作和家庭生活的江筱月发现，不知从什么时候起，冷暴力已经在他们夫妻中出现，而且越来越强烈，江筱月感觉自己已经在崩溃的边缘了。要知道她是用了四年的期待才终于等来的这一天，却只不过是几个月，两个人中间就出现了冷暴力，敏感的她本来就很抑郁，现在她的精神状态就更糟糕了。那一天，江筱月甚至突然向杨伟喊着："不要对我用这种冷暴力，如果你不爱我了，我们可以离婚！"

杨伟却平静而冷漠地反问道:"什么叫冷暴力?我听不明白你的话。"

"就是寂寞!你懂吗?你让我感觉到无边无际的寂寞,这种寂寞是一个可怕的杀手,我现在真的不仅是有抑郁症的倾向,而是实实在在的抑郁症了。你太狠了,这种冷暴力,比打和骂都可怕,它的伤害直接在精神上,而打和骂是肉体伤害,经过转化才能达到精神层面上的伤害,可是你是在直接杀我,用无边无际的寂寞来杀我!早晚我会死在这种冷暴力上的!"

11

算来他们也相爱了有十五年时光,从大一的下半年开始,杨伟就狂热地追求江筱月。到他们牵手走上红毯,再到今天,他们和所有的夫妻一样,酸甜苦辣都有过,也吵过架也动过手,但在前几年,这些小闹剧一过,两个人就又好成了一团,正如俗话说的夫妻没有隔夜仇。可是现在不同了。从情人节的第二天起,江筱月就发现他们夫妻中间现在更多的是平淡,可她并没有往心里去,不都说平平淡淡才是真嘛。

刚开始的时候,江筱月只是感觉杨伟对自己特别不关心,更谈不上体贴,江筱月又很要强,能自己解决的事就尽量自己解决。但很快江筱月就意识到了危机,而且处理不好还会成为一个巨大的危机。于是她也学着温柔地讨好丈夫,比如晚饭后,江筱月就要杨伟陪自己散散步,可他总是一口回绝,说他好累好忙。自尊心极强的江筱月也就不勉强了,只是很符合她的身份与学识地表示理解,并且她还做到了一句怨言也没有。但江筱月渐渐地发现杨伟对自己不是平淡,而是由平淡升级成冷淡后再升级为冷漠了,并且是特别地冷漠。杨伟能在长达数日里,几乎不和她说什么闲话,这样冷暴力的日子维持了好久,转眼就快半年了。江筱月在心里对此感慨着、愤怒着。

两个人从当初的激情如山崩海啸般的过电，再从过电到缠绵，最后从缠绵到油盐，不知从什么时候起，冷暴力就出现在了曾经如此相爱的两个人中间，从开始的对必须交代事情的三言两语，这就是他们夫妻间的交流了；到后来同床却几个月的彼此不再身体接触，冷暴力越来越强烈，寂寞也出现了，并且也是越来越强烈，这个冷面杀手！

12

现在的江筱月非常明确地感觉到了他们的夫妻生活中无边的冷漠与应付，是的，他们的夫妻关系已经濒于破裂，他们正在互相欺骗。

江筱月的心里非常苦涩，她已经是三十岁出头的女人，还有几许青春可用，丈夫对自己的激情消失了，自己才回来几天，杨伟就不再有温存了，总是她主动。开始江筱月虽然为这种带有明显应付感觉的夫妻亲热感觉屈辱和伤心，但后来江筱月连这种伤心和屈辱的感觉也没有福气消受了，因为杨伟现在连应付一下也不肯了，总是说太累。两个人现在真的只有亲情没有爱情了，就像右手和左手。

江筱月在不断地反思，可反思的结果是没有结果，就好像这世间那些永远无法得到准确答案的问题一样，她的反思没有结果、没有答案。只不过让江筱月明白了，自己虽然好不容易拿到了这么高的学位，可是事业的成功代替不了感情的幸福。

"女人四十豆腐渣，男人四十一枝花。"三十五岁的女人，你的优势在哪里？三十五岁的江筱月问自己，也问过她的同事，在一天中午吃饭时。江筱月的同事们立刻就加入这场热闹的话题讨论中，现在国人思想之活跃让这一话题精彩纷呈。

——三十五岁的女人？地道的黄脸婆！每天围着厨房转，伺候完小孩，还要伺候公婆，没准儿老公一撒娇，也要你伺候。拖不完的地，洗不完的衣服，做不完的饭……在你累得筋疲力尽的时候，老公边吃着你花了半个多小时买齐了料、一个多小时做得的可口饭菜边说："老婆，巷子口新开的那家小餐馆里面烧的菜挺好吃，我吃着可比你做的强多了。"瞧，多让人寒心。

——三十五岁的女人能够事业成功，那你现在就是一个标准的女强人。这时的你已经不是黄毛丫头，行为处事大家都瞪眼看着你。在工作中又有年轻后生一茬接一茬地冒出尖儿来，所以你在家务孩子之外，又得苦苦钻研业务，累啊！身心俱疲！

——情感荒芜，对于三十五岁的女人来说就是这样。老公的甜言蜜语已经成了回忆，家就是柴米油盐酱醋茶。而老公当年的激情也渐渐退却，把甜蜜的拥抱当成了家庭作业，甚至把这少有的情感交流都当成负担，因为男人在这个年龄，事业上的竞争更激烈，他们更累。如果就这样继续下去，那么三十五岁的女人注定摆脱不了忙碌而平庸的生活。如果不幸发生了婚外情，要么就是一朵无果的花，要么就是离婚。

——但是三十五岁的女人，离婚以后生活又会怎样？论年龄，一大把，又过了生育的最佳年龄，可能还带着个拖油瓶；论容貌，除非是像关之琳这样善于保养的大美女，否则，光脸上一说话就扑扑掉的遮掩黄褐斑和皱纹的粉底就能吓跑一圈人；论身材，生了小孩的，肌肤能有多少弹性；论才情，多了一分成熟稳重，少了一分天真烂漫，可这在男人那里根本不能算是什么优点，他们都喜欢会撒娇的女孩子；论经济实力，也许有一套小房子，可能还有一辆小汽车，可是那又如何？车子又不是宝马，至于住房，可能会离人家工作的地点很远，况且现在打着招牌养小白脸的富婆也有的是嘛！

——三十五岁的女人真要离婚了，有车有房才有了真正的保障，不需要人家养着干什么再婚呢？找个情投意合的男人一起过也很好啊，高兴就在一起，不高兴就拜拜，何其轻松自在！

——但依我看，如果能过下去千万别离婚，过不下去就勇敢点，最重要的是搞清楚怎样的生活才是自己真正需要的，才是能让自己真正开心的！人生苦短，不要太苦了自己。当然我们大家还是更多地认为，三十五岁的女人，她的事业是在家庭里，一旦离开她建立了十来年的这个家庭，她是毫无竞争力的，整个一朵颓废的玫瑰。

——那么，三十五岁的女人，你到底有什么优势呢？你离婚后还能有什么选择呢？不离婚过得下去吗？幸福是不是离你越来越远了呢？

——不不不，我不这样看待三十五岁的女人。这时候的女人如果有位好老公，就算整天围着锅台转也是其乐无穷。三十五岁的女强人虽然会有无数后生追着赶着，事业竞争压力大，但她却比他们多一些经验与宽容，这让三十五岁的女人平添太多魅力。三十五岁的女人虽然不能做黏着老公做小鸟依人孤独无助的小女孩相，但是她可以自己爱自己，至于对在一起过了七八年的老公，还需要他的激情吗？索性偶尔来一场姐弟恋，权且当成感情的调剂品，激情可能更胜当年哦，只要不影响家庭。切记！切记！

三十五岁的女人的成熟稳重和善解人意再加上温柔体贴，还有她们懂得男人真正的需要，这一切又怎么会是那些黄毛丫头比得了的？

江筱月她们的这个话题是在餐厅展开的，一个年轻的也有博士学位的讲师也加盟进来，他干脆地说："现在都什么时代啦？说三十五岁的女人是豆腐渣，我可不赞同！呵呵。"

另一个做办公室业务的年轻女孩也说："你们到大街上看看，如今三十五岁的年龄应该算非常年轻吧。问题的关键在于每个人都应该具备独立的能力，而不是年龄；现在的社会是多元化并存的，认为三十五岁的女人落伍的人，本身思想就是滞后的。每个年龄段的人都有其独特的魅力。"

这个女子的话得到了大家的热烈响应，尤其是在场的三十五岁的女性。

——有自信、有尊严、有生活才是有意义的人生。记得作家亦舒说过："结婚与恋爱其实毫无关系，人们总是以为恋爱成熟后便自然而然地结婚，却不知结婚只是一种生活方式，人人都可以结婚，简单得很。"

——真不明白在婚姻里你打我吵的，到底有什么意思，我是圈外人，冷眼看着婚姻圈里的情况，看得多了，感觉也越来越麻木和冷静了。面对婚姻，我毫无兴趣，只是对爱情尚存希望。

——但是爱情的磕碰比婚姻少不了多少，所以绝望和希望有时候竟是成正比的。很多女人都对自己说过，没有了男人，我一样能活，并且能活得更好。这样的女人有两种，第一种是没谈过恋爱的，对于爱情的了解只停留在自己的幻想中；第二种是爱得太深了，受的伤害也太多了，物极必反，她在说气话，当然这种气话有时候也真的是一个谶语，终将要被用来应验现实的，只是早晚罢了。对，没有男人，女人照样能活下去，只是在经过一场刻骨铭心的恋爱后，她们都患上了一种绝症——爱无能。以后不管恋爱也好，结婚也罢，总会把那个曾经深爱的人藏在心底。

——而男人呢，张爱玲说过："也许每一个男子全都有过这样的两个女人，至少两个。娶了红玫瑰，久而久之，红的变了墙上的一抹蚊子血，白的还是'床前明月光'；娶了白玫瑰，白的便是衣服上的一粒饭粒子，红的却是心口上的一颗朱砂痣。"所以得不到的才是最好的，这或许是恒久不变的真理。爱情与婚姻，前者是希望，后者是绝望。细水长流也好，惊天动地也罢，怎样的一对璧人，最后也会轻视自己、轻视对方，直到两人的爱情不复存在。

——古人说，男怕选错行，女怕嫁错郎。现在似乎不存在什么终身性的影响和遗憾了，其实结婚、离婚很简单，只是中间的过程漫长而复杂。想来外国人就要比我们省事多了，两手一拍，好合好散。快餐般的爱情和生活，你来不及细嚼慢咽，只能囫囵吞下。胃难受只是一时的，总比吃错了东西，住个十天半个月医院来得好。有勇气就跳出来，没勇气就继续苟延残喘。

——女人的悲哀就在于，总认为男人的背叛是男人的错，从来不反省自己。都说男人是用下半身思考的动物，那如果真是这样的话，对于你们女人来说，当自己的魅力不复存在的时候，你还指望他能再温柔地呵护你吗？聪明的女人知道改变不了别人只能改变自己，而笨女人却把时间花在争吵和无谓的侦察上。狗急了也要跳墙，当男人发现他赤裸裸地站在你面前无一丝尊严的时候，那也说明他离开你的日子也不远了。你们看电视剧《中国式离婚》，不就是写了一个这样的悲剧婚姻和悲剧女性的故事吗？

——很多女人在爱情不复存在的时候，总数落男人，说什么你以前对我怎么怎么样。其实发誓的时候谁都是真心的，只是这个世上没有永垂不朽，人们总是希望自己的爱情能朝着自己的想法延续下去。但是希望越大，失望也就越大，所以其结果往往和你的愿望是背道而驰的。

——都说男人变心尚有可挽回的余地，而女人变了心却是十头牛都拉不回来。女人爱上一个人不容易，只要爱上了，她就不会轻易放弃。相对来说，只要决心放弃，她就会誓不回头。所以男人可以同时爱上两个女人，而女人一次只能爱上一个男人。

——不管现在人们怎么说，但总是有人相信，真正的爱情一生只有一次，你遇见了并且意识到了，那是你的福分。你若在擦肩而过时还懵懵懂懂，那你也就只能在日后扼腕叹息了。这就是在错的时间遇见对的人。

——爱情天才张爱玲还说过："这便是爱情，大概一千万人之中，才有一双梁祝，才可以化蝶，其他的只能化为蛾、蟑螂、蚊蚋、苍蝇、金龟子……"

第二章　从激情燃烧到冷暴力

13

现在的江筱月总是最爱回想当年与杨伟激情燃烧的岁月。

青春少年的爱情，是一种饥饿。十五年前，在大一下半学期的时候，杨伟终于想方设法把江筱月追到了手，然后他就整天想方设法想要和江筱月单独相处。

四年的大学生活里，他们俩的偷爱简直达到发狂的地步。教室里、草坪上、楼梯间、江边的乱石丛中，疯狂的情侣很多，可绝对没有疯过他俩的。

那样的日子、那样的年龄，让杨伟和江筱月感觉天天天蓝，日日日暖。

"马上就毕业了，我们怎么办？"一天，江筱月一脸哀伤地说，"我是一刻也不想和你分开的，可是毕业就等于失恋，这就是大学里通行的定律。"

"可我有什么办法？"杨伟有口无心地应付着。

江筱月甚至想甩给他一巴掌："我们分手吧，反正我们也不会有什么结果，长痛不如短痛！"说完，江筱月提起挎包，掠都没掠他一眼，就朝寝室走去。

杨伟死活没想到，江筱月对他实施的冷战会如此地持久而坚决。他给她寝室打电话她不接，请人传话说他在楼下等她，可等得月上柳梢头、花儿都谢了，也不见她翩翩的身影。杨伟只好改变策略，在江筱月的教室后门口等她下课，可她却机警灵敏得像只猫一样，总是能觉察到，并且总是能从前门迅速开溜。杨伟于是在食堂门口等江筱月来吃饭，想不到，江筱月那段时间彻底投入于方便面的消费运动中，根本不光顾苍蝇飞窜的食堂。

后来到底是杨伟决定与江筱月同时考研，这才解决了毕业就失恋的定律性难题。

14

考研，考研，在这两个字被他们说出来后，就成为他们此后两三年生活的重点，每天都是两点一线。杨伟和江筱月开始觉得自己考不上，可是不考不行，为了爱情和爱情的长久，杨伟和江筱月必须背水一战；否则就只有终生痛苦，那个时候在杨伟和江筱月两个人的心里，都认为如果此生失去了对方，他们就将痛苦一辈子，既然这样，那么他们就必须考研，还得考上。

男人终究是男人，江筱月在当时并不知道杨伟决定考研除了感情上的因素外，还有更高一层的东西，那就是他不想一生被别人鄙视学历一般，进而被别人当成一般化来对待，那么他就必须跨越这道"门槛"，他要再造一个更加成功的杨伟，他要如同打败高中时不如自己的中学同学，尤其是男性同学一样，再次在大学里打败那些不如自己的大学同学，尤其是男性同学。所以心气儿很高、一向自我感觉良好的杨伟需要成功，而考研成功就是这种成功的必需一步。那样他看人的眼光会更加睿智、更加锐利、更加有优越感，他可以微笑着骄傲地看着蓝天，看看这个被他自己 confuse，或者被他人 confused 的世界和人群，以一个胜利者、成功者的姿态。

当江筱月明白杨伟的这一层心理时，早已是他们的婚姻亮起了红灯的时候。直到那样的时候，江筱月才感觉自己明白了男人。虽然江筱月考研也并不能排除她在情感因素以外的功利之心以及超越他人的想法。

15

大学时代的江筱月是个标准的爱情至上者。事情果然如愿地照着她的意愿发展了，杨伟和江筱月都考研成功了，并且恰好两个人又都同时被录取在本校读研，于是他们的青春激情仍然得以继续。

有一次，激情结束后，杨伟在穿衣服时发现，江筱月在他背上画了无数怪异的图形，像是上古时期的咒文。

江筱月后来解释说，如果杨伟对她负心，她就会选择死亡来诅咒他，直到让他名副其实。

16

江筱月是个好女孩，天使脸蛋魔鬼身材不说，杨伟在幸运地升级为她的男朋友后，才发觉在大学里，如果没有谈场至纯至美的恋爱，这大学真是白读。

校园两旁的绿树和争相盛开的鲜花，让夏季里那青春的气味，浓得使人喘不过气来。美好的季节里跳动着年轻的旋律，灯光伴随着夜晚一齐来临。林荫道下走动的全是情侣，温情脉脉地相拥而行。大学扩招后学生太多了。杨伟和江筱月想，每一对情侣在这个时候都希望世界上只有他俩最好，那样很清净也很温馨。世界越来越拥挤了，属于个人的空间越来越少。情侣们在校园里逛荡，目的是搜索一个可供两人温存的小小空间，让时间如小溪流过时不至于白白来一趟。

　　江筱月在杨伟的怀里叹了口气，搂紧了他。青年教职工楼里的许多房间都亮着灯光，江筱月不自觉地对杨伟说了一句："这里面要有一间是我们俩的，那该多好！"江筱月在说这话时不会想到，当有一天他们有着几套住房的时候，却感觉一点也不好。要知道他们的那几套住房中的任何一套都要强似这座青年教职工楼的任何一间，可是不知为什么两个人再也没有了当初的感觉。

　　　究竟是我们改变了世界，
　　　还是世界改变了我自己，
　　　谁能告诉我，谁能告诉我？！

　　江筱月在日后曾不止一次地在心里这样追问着。

17

　　那间偏僻的教室成了大学时代杨伟和江筱月两人的温柔乡，可自从有一次差一点被管理员发现，此后，就算打死江筱月，她也不敢去了。她说她那几天晚上整夜整夜地做噩梦，梦中几次恐怖得甚至尖叫出声来。她说梦中的她正与杨伟在一处的时候，她却突然发现，在他们的周围全是眼睛。

　　杨伟对于她的敏感不禁又加深了一层认识："当心吧，你的敏感神经也许有一天会把你逼疯的，再不然你就得自杀。所以建议你不要总是把问题想得那么严重，好不好？这对你没好处。不过，全是眼睛？这点倒有意思得很。现在校园里充满了窥视狂、裸露狂，晚上若有女生单独上厕所，说不定就会有男生偷偷地跟在后面溜进来，蹲在你隔壁的小间里，然后通过隔板详细地瞧着你；或者女生漫步于绿荫小径，几个匍匐在边上的变态者会突然冲到你面前，掀开披着的风衣，里面什么也没穿，阴笑着，对你做各种动作。"

江筱月点头，并说她的室友就遇到过两回裸露狂。

形势虽然如此严峻，可情欲一来，杨伟却不顾这些，但江筱月总要顾及。她死活不愿和杨伟再干了，逼急了，就要求他出去开房。

"开房？胆量我是有，可我没钱。"杨伟每次都无可奈何地这样对江筱月说，然后他再变相地在江筱月柔软如绵的娇躯上疯上一阵子，总算是满足了。日后的杨伟在他不过三十几岁的人生里，就再也没有了激情，那样的冷静和成熟，甚至衰老的时候，杨伟就在心里不断地感叹，在情欲泛滥的年头，爱情真是个性。在岁月和责任的年头，爱情就是在床上哼哼唧唧后，还得再为柴米油盐酱醋茶奔忙。

18

日复一日的柴米油盐酱醋茶，让爱情褪去了激情炫目的光彩，生活日渐平淡。研究生毕业后，工作并结婚了的杨伟不再每天晚上抱着江筱月入睡，常常江筱月一觉醒来已是深夜时分，他却仍兴致勃勃地在网上看他喜欢的文章，或者玩着他喜欢的游戏。他们开始有了争吵，江筱月赌气和他冷战，他却不再像以前那样诚惶诚恐地哄她逗她，只是一个人到客厅里去吸烟，长久地沉默。而且，杨伟是一个欲望很强烈的人，他总是对江筱月的身体有渴望，对于和她在床上缠绵乐此不疲。而江筱月恰恰相反，她是一个非常情绪化的人，如若不然，对性就感觉索然无味，所以当婚后的杨伟不再每次上床上必修课时都做认真铺垫，江筱月的回应就会让他不满足、不满意。有时候，这竟然会成为不愉快的导火索，杨伟与江筱月也如平常夫妻一样会吵嘴甚至动手。

江筱月经过四年的苦读后，再次回来同丈夫开始过日子。她却发现日子和自己的想象差距越来越大。他们的日子时有磕绊时有紧张却又平平淡淡地过着。结果越过，日子变得磕绊越多而紧张也越多，并且平淡也越来越多，多得他们甚至渴望吵上一架让平淡减少一点。

就这样，他们的日子越来越平淡，却越来越相安无事，架也不吵了。有什么事情，杨伟也懒得说，如果江筱月实在忍不住说几句，他也不回应，要知道在以前他可是比妻子还要厉害些，虽然发过脾气后他会温柔无比地哄妻子，然后两个人由床上的和而达于生活中的和。现在可真是相敬如宾了，可是江筱月却发现他们疏远了，真的感觉两人很陌生了，没有什么惊喜，也没有什么激情，更谈不上什么相思与渴望。这种婚姻和江筱月想象的相差太远。江筱月是个情感非常丰富的女人，她多么希望拥有温馨和浪漫的生活啊，可是她的他却懒得说爱，有时江筱月一定要他喊一声老婆，他都会这样说："喊你老婆？喊你母夜叉还差不多。"而江筱月老公老公地喊他时，他却非常受用。后来江筱月赌起气来，也不肯喊了，而是生硬、冷冰冰地直呼其名或者气呼呼地大叫他"蠢猪"。

19

也许世上的夫妻都是这样的吧，若即若离，平平淡淡。江筱月现在也懒得问杨伟工作上的事情，杨伟也懒得问江筱月工作上的事情。以前他有事回家来，一进门就会和江筱月说说，而江筱月有事也会第一个就想到要和他说说的，现在他们很少有共同语言。大多数情况下，是江筱月忍不住寂寞，把她从网上看到的新闻和好看的文章向他唠叨一遍，他也就默默地听，听完就说："完了？还有没有了？呵欠——"当然杨伟是不会来与妻子讨论的，因为他可能根本就没听进去，江筱月只是在自说自话。于是江筱月开始了上网聊天，但天知道，她最开始上网聊天就是为了刺激杨伟。

江筱月以前在网上聊天，有几个网络情人，杨伟都是知道的，但她语聊也好，视频也好，他都不管。甚至江筱月写给情人的情书，给他看他都不看。江筱月有时也纳闷他的大方。杨伟就会这样回答她："那你要我怎么样？我管你，你会听吗？"江筱月有时和网友讨论一些问题，他就在旁边听。甚至江筱月和那些网聊情人的很多比较亲密的谈话他也知道，他也无所谓。江筱月真的觉得杨伟已经不爱自己了。

"也许你以为我不会来真的吧？那我就来一个给你看看！"江筱月一赌气，就真的和一个网聊情人见了面，当然江筱月并没有背着杨伟，恰好相反，她是让杨伟在她与那个男性网友见面的餐馆大厅里不远处看着的，整个过程那个男性网友还算规矩，大庭广众的，他就算有贼心也没那个贼胆呀，充其量只不过是言语有点那个，但看江筱月一脸正气的样子，这个人始终还是保持住了一个有教养的绅士的风度。但就是这样，江筱月预期的效果也收到了。从那以后，杨伟果然有点怪怪的。如果江筱月再和别人语聊，他就会找碴说什么她吵到了他。但是他还是不管的。当然，这和他们的文化素养有关系，相互都知道，情感是勉强不得的。

那天江筱月忍不住问他："如果我爱上了别人，你觉得怎么样？"

"那我就退出吧，成全你们的爱。"

"如果我和别人发生了性关系，你会怎么样？"

"只要你不染上病，觉得快乐就行。"

江筱月真是不得不佩服杨伟思想的前卫！她恨恨地咬着牙告诉了杨

伟她的这一看法。

　　江筱月不知道杨伟有没有情人，但是她凭感觉，认为应该没有。因为他一般情况下不晚归，回家后很少有电话或短信，除了情人节那天晚上的那个莫名其妙的可疑电话。"如果你真的爱别人而不爱我，我也会释然的。"江筱月故意这样对杨伟说。

第三章　从纯情到沦落风尘

20

三年前，江筱月去香港已经一年多了。一脚即将跨进富华香大门，杨伟心里突然有一种做贼的感觉，不禁向酒店两旁看了看。

"安全！这里绝对安全！"单位新近配给自己的司机小李看出了杨伟拿眼四处瞅的心思，便打包票一样地对杨伟说。但他的话并没有减轻杨伟多少顾虑，毕竟今晚到这里来的目的不只是吃吃饭，或洗洗脚什么的。

"杨处，为祝贺您脱裤（副）转正，弟兄们订了个包房，今晚找个'北妹'让你'擦擦'！"

"擦擦"是杨伟他们单位里弟兄们的口头语，是和女人来一下子的意思，"擦擦"是大家在办公室里畅所欲言时，面对那些女同胞时也可以自由发言而不至于让她们尴尬的替代词。不同语境下不同人嘴里，会对同一事物生出大不同的说法和叫法。刚开始的时候，杨伟还不好意思说，但时间长了，拿来当替代词，那种感觉就和他们一样地道而自然了。杨伟本来对到这种地方非常反感，他虽然是"80后"，但思想还是很传统的，至少还生活在传统的边缘。可是在妻子一年多不在家的寂寞煎熬中，杨伟终于开始投降了。开始的时候，寂寞让杨伟上网聊天，他也见过网友，当然是女性网友了。杨伟甚至也有过一夜情，可是那种都市里流行的东西，虽然私下里行得很通，可毕竟不是上得了台面的，有几次他的隐私差一点就让帮他照料孩子的母亲发现，并且还被一个男人打来了数次的审查威胁电话，于是杨伟对于网上的那种东西也只好限定在只聊不见，这样虽然安全，可以稍稍放松一下，却总是很难受，因为根本就不能让他完全满足。可谁让对方都是些良家妇女呢？杨伟正处于事业的上升期，他可不敢胡来，为了一时之欢而葬送了锦绣前程的前车之鉴多的是。今天因为杨伟的同事于他荣升的时候一定要拉他到那种场合，正寂寞难熬的他就半推半就地跟着来了。

听小李这么一说，杨伟的脸腾地红了起来。

"咦？杨处还怕羞呢！莫非杨处结婚好几年，却还是正正经经愣没有失身的处男？！"听了小李如此揶揄自己，杨伟这个本来平时在下属面前官架子十足的人，却一下子不知怎么回应才好，只能尴尬地一笑。

"到了。"小李一边扶着杨伟，一边又像在推着他一样，来到一个房间门外，"就是这间'牡丹亭'！"

小李一扭"牡丹亭"的门把手，原先还寂静如水的过道便被从里面涌出来的嘈杂声塞得满满当当，其中有正在拼命吼着"卡拉OK"的声音，也有今晚被人用手宠幸了身上哪个地方的小姐发出的故意作态的尖叫声。

见房门打开，房内的人，严格来说是那个室内的男人不自主地站立起来。

"欢迎杨处！"原先还在男人怀里被刺激得翻来滚去娇喘并呻吟的小姐们，现在又被一阵"啪啪啪"的掌声拍得莫名其妙起来。

"大家坐，不用客气。"杨伟依然正气十足如同在办公室里一样向他的同事们摆了摆手，示意大家都坐下来，但眼睛始终没能从那个小姐的大腿根上挪开。

"妖精，你也站上来，我们老板要开始检查了。"还是小李注意到那个叫妖精的小姐的短裙已有春光外露之嫌，以至于影响了他们杨处的常态。

于是，那个叫妖精的风尘女子勉勉强强地站了起来。在她那种不太情愿的神态里，还有点轻蔑的神色，让在座的人都大为不爽。

大家一坐下，又各自抱起自己的小姐来，但大家的眼睛还是专注地盯着杨伟，像在等待下一步的指示一样。只是他们的手也没有闲着，不少人的手指又伸入小姐们原本就没什么保护物的衣服里面去了。

看杨伟还在愣着不能进入状态，小李非常世故沧桑地对他说："嗨，人生和爱情就像一支烟，你努力地吸，它会有完的时候，你不去挥霍，它还是会完的。既然这样，那干什么不及时行乐呢？再说了，杨处，大家伙都这样，您不这样，也太不能和群众打成一片了。"

21

杨伟对于完事后，超出自己想象的痛苦不堪，还是很吃惊的。虽然他理解自己也理解男人，爆发的荷尔蒙是分不清喜欢的女孩还是讨厌的女孩的，只对女性的胴体负责。而宣泄后的理智使他看清了他刚才做过的事何其龌龊，对比本该做高尚事情的自己，他感觉痛苦不堪。但是，色是本质、是主宰，无论做之前自我安慰的理由，还是做完后自我批判的理由，终究是没有什么帮助的，下次一切都将抛于脑后。唯一的方法看来也只能受别人的管束了，可是现在妻子远在香港，自己也只好跟着感觉走了。

还好，上帝创造了人，创造了寒冷，创造了衣服，于是看着凡人们穿着衣服御寒，他就心安理得了。当我们遇到我们不能解决的矛盾时，我们可以找借口，我们可以逃避，于是平心静气，缓和矛盾，于是一切都苟延残喘了。而妻子不在家，自己太寂寞了，就是杨伟为自己在这以后继续出入那种场所找到的最好借口。

22

但杨伟没有想到其实他与小青的婚外情在刚刚开始不过几个月就让他的熟人看见了，并且这个熟人还是他的妹妹。那天杨伟的妹妹杨扬和男朋友约好了要去吃饭，在一家饭店门前，她意外地遇见了哥哥杨伟与他的小情人小青，当然她是不知道小青这个人的，也就更不知道她的名字了。不过杨扬看样子，估计当时的哥哥是与那个漂亮年轻的小女子在里面吃罢饭出来，杨扬看见哥哥与那个小女子黏黏糊糊地一起出来，他没有坐单位给他配的专车，而是伸手招来一辆出租车，这时杨伟的车技还差得很，一般不敢自己开车。到江筱月从香港回来，他早已是相当不错的司机了。出租车门打开后，杨伟搂着那个小女子的肩，几乎是把她半抱着弄进了车里。然后从后车窗，杨扬还能看见杨伟紧紧搂着那个小女子的样子，那个女子实在太年轻了，看样子不超过 20 岁，肯定比自己还要小好几岁呢。

这时杨扬的男朋友却因为还没有到岳父家拜访而不认识这位近在眼前的大舅子，他只是把他当成了一个随便碰到的人，于是就随便而羡慕地对自己蓄谋已久却一直没有得手的女朋友杨扬说："我也想这样子，像他那样。"

杨扬当时一声没吭，因为她根本就没有听清男朋友在讲些什么。杨扬当时脸色都发白了，她凭直觉意识到嫂子不在青岛，哥哥真的出轨了，她在心里暗暗祈祷着，但愿这只是一个小插曲，不要影响他们的家庭，要知道一个小家庭并不是两个人的事，上有老父母，下有小孩子，他们才是婚姻失败的真正受害者。而且最为可怕的是，杨扬对此有种预感，她预感要出事，而且是要出大事的！

杨扬在走神的时候，她的男朋友看她没有反对，就大着胆子把手搂上了她的腰，得意至极地偷着乐呢。然后杨扬还是走着神在想心事，机械地跟男朋友走进了饭店。

23

小青确实是太年轻了，她刚刚算得上是二十岁吧，照中国人传统的虚岁算法。小青也确实是风尘女子，虽然杨伟一直把她想当然地理解成那种出淤泥而不染的风尘女子，可是小青清纯的外包装一卸下，于床上应酬的功夫却是极老到的，直勾得杨伟再也不能罢手、再也不能没有她。

小青非常聪明，这一点从她的打扮上就可以看出来。她知道青春是最好的化妆品，所以她从不浓妆艳抹，而那副清纯正是她最好的招牌。可在不需要清纯的时候，她又能恰到好处地调整自己，让她心仪已久、决定以他来搏一搏赌一赌的杨伟，到底如她所希望的那样，对她如醉如痴地投入进来。

24

酒吧当然并不仅仅是喝酒的地方，那其实也就是一个混乱的场所，形形色色的人进进出出，目的明确——图个开心。他们可以是面临离婚危机，在这里假装若无其事，苦瓜脸还能笑嘻嘻；他们也可以是输了钱，口袋里的几张小票给老婆买菜都不够，但还是大骂老子先来痛快痛快，剩下的事慢慢交代；她们可以是男友喜新厌旧，自己却在此傻傻等候，但心情苦闷无以排泄，只好来与酒精、与这里的那种暧昧情调亲近一下，以缓解心理压力和增强承受力；她们也可以是被炒了鱿鱼，生活正无着，来此寻求发泄的同时，找到少许慰藉也顺手牵羊地再找到一个可以作为猎物的男人的。

来这里不外乎做几种事：动机纯粹的，只是消磨时间，于是对着尿素般的啤酒，大唱"让我一次喝个够"；自以为是的那些不懂音乐却大放歌喉的家伙，手握麦克风唱着怎么怎么爱，却忘了找不到女友只因长得并不帅；装疯卖傻的如过狂欢节一般地在舞池中的，一开始披头散发像刚被强奸，哪知舞曲响起，跳入舞池全身从头到脚积极摇摆得很是到位；还有就是见到美女大叫 HiHiHi，弄得过来钓虾的直叫你好坏好坏好坏；最后还有的就是你情我愿的嫖客寻找买卖。

在这些人当中最可悲的应该算杨伟，带着满心的寂寞，因为他自以为是却无所事事，风度翩翩却与腐化堕落狼狈为奸。最有理由、最有资格在此立足的应该是那些大义凛然、颇有成就的、经常用九头牛都拉不回来的音调放歌的家伙，因为是他们让人们重新了解了什么叫音乐，或者说到底是人们不懂音乐。

25

杨伟走进包房一看，就没发现多惊世骇俗的女人，连一个能让他看上眼的都没有。杨伟在包房里到处瞅着，却忽然看见一个清纯美丽的女孩正朝他微笑，她的装束如此自然，素白印有零星黄色小花的连衣裙落落大方，整个人纯得如一杯美酒般清澈，又似初绽的桃花般羞涩甜美。看见她的美脸从如花笑靥变成了红苹果，杨伟才发现自己正直愣愣地盯着人家呢。杨伟心想：我今天是怎么了，怎么净做些失水平的事？

在杨伟紧盯着那双白白嫩嫩的玉手的时候，涂脂抹粉的老板娘笑呵呵地过来招呼他坐。这时一向自以为情场老手的杨伟一下子就感觉竟然天旋地转。呀，不是地震了吧。当然不是，原来只不过是那双纤纤如玉的素手已然礼貌却充满了诱惑力地伸向了杨伟，他下意识就伸出了自己的手，顿时那种温柔沁入肺腑，他感觉到了什么叫销魂。这种感觉只有当年与江筱月才爱上的时候才有，而现在他对江筱月的感觉早就如左手握右手了，只是眼下这个美极了同时又清纯极了的女孩子才让他重新有了那种发抖的感觉。

在郁闷而又兴奋的交织中，杨伟在心里说了句让他今后苦涩异常的话："就是她了，怎么着我都得把她弄到手。"

26

那一天，从"丽金宝"酒吧出来的时候，杨伟的心情糟透了。因为他在那里见到了一个人，一个在很多男男女女眼中没有社会地位、没有人格尊严、唤她如唤狗、寻欢作乐要喝酒、全心全意满足各阶层人的需求、见到猎物要先握手、在金钱面前只能屈服低头解开石榴裙任人尽可能玩弄的三陪女。虽然杨伟始终认为三陪女和富家千金在人格上是没有任何区别的。杨伟不能否认自己已经爱上她了。有人说男人的爱情永远是一见钟情式的，发生在男人身上的真正爱情永远不会是日久生情式的，如果有，那也不是真正的爱情。可是杨伟毕竟是受过高等教育的人，他知道自己需要理智，他是有妻有子的人，并且他还要为父母家人的心情和脸面负责，所以走出来以后的杨伟就在心中暗暗告诫自己，打消那个可怕的念头吧。

杨伟始终不知道她叫什么名字，真名或者花名，因为从一开始杨伟就称呼她小青，青青可爱如春天小草般的小青。当杨伟这样称呼她的时候，她只是莞尔一笑，这代表她能够接受，至于她是真的喜欢这个名字还是为了讨他欢心，杨伟不知道，只是但愿不是后者。

27

杨伟虽然决心下得很大，那是理智的杨伟命令他下的决心；可是另一个非理智的杨伟却固执而强大地让他热切地盼望再次见到她，了解她，直到与她融为一体，看她清纯可爱的样子，听她甜蜜的话语，感受她温柔的气息。

这个晚上，杨伟在床铺上辗转反侧，直到凌晨三点也不能入睡。他的眼前有小青优美地露在衣外的那么大一块后颈背的肌肤。小青的肤色真的好白，尤其是相对于那些浓妆艳抹的女孩，会让人看来格外耀眼，有些独树一帜的味道。

28

这以后，杨伟隔个两三天就得去看小青一趟。她的确漂亮，身材很好，有着迷人的脸孔和丰满的胸。每次与她一起，杨伟都如同刚二十岁出头时一样冲动。随着在一起喝酒的次数增多，杨伟的胆子也开始变大，他尝试着与小青有一些身体接触，但是他又非常害怕，害怕她不喜欢，害怕他的形象在她心中崩塌，因为她是那样的清纯。但小青似乎不太抗拒，有时甚至含情脉脉地看着杨伟，这让杨伟彻底放下了包袱。小青的身体让杨伟不能自拔，他觉得异常幸福，而怀里的小青，双颊绯红，愈发像一个纯情少女。

29

霓虹闪烁，车来车往，夜色温馨而浪漫。白天在杨伟看起来死气沉沉、乱七八糟的马路，这时也显得柔和亲切。

杨伟和老板娘说好了，终于把小青领了出来。他们乘坐的士炫耀似的飞奔在五彩缤纷的街道上。

　　五分钟后，的士停在金麦香酒店的门口。这是一家比较豪华的酒店，兼营夜宵，适合工薪阶层休闲消费。走进店内，到处挂着绿色的葡萄藤，红色、紫色、黄色、青色的葡萄星罗棋布，形成一种非常温馨浪漫的气氛。往四周一扫，几乎是清一色的青年男女，看来这是年轻人，不，确切地说是情人们的世界，杨伟故意选了这么一家饭店，是为了避开他的熟人们。看来他是选对了，熟悉他的同学同事或者亲戚一般不会到这里来，就是来也不敢过来和他打招呼，因为他们自己也正有着怕人家知道的秘密呢。店内分两层，一层的大厅里摆了十多张餐桌，靠墙右边是一排可容四人的情人包厢，靠墙左边是一架铺着红地毯的木质楼梯。杨伟和小青登上楼梯，一个漂亮的服务员笑着走过来问："你们几位？"

　　杨伟心情不错，开着玩笑说："明摆着两位嘛，你可真是聪明，比问张先生你贵姓的那个还要聪明！"听得小青在一旁为杨伟的幽默而扑哧地开心一笑，那个服务员也不好意思地哧哧一笑，不过看样子她并没有伤自尊的感觉，接下来她礼貌地摆手说："那请你们坐8号包厢。"

　　杨伟和小青跟着服务员走到8号包厢的门口，服务员打开门，请他们进去，又说："你们稍等，我马上就来。"说完，转身带上包厢门走了。

　　包厢里摆着两条长沙发，一张长方形桌子，小青睫毛低垂，面含着羞色，主动坐到了杨伟的身边。杨伟用目光将她吻了一遍，然后打量起墙壁上的画来。这是一幅海边风景画。大海、波浪、沙滩、蓝天、阳光、岩石、椰子树，一群穿着泳装戏水的美少女。青春、美丽、自由、浪漫、快乐。"海边多么美丽、多么浪漫、多么让人惬意！"杨伟这样故作淡于情欲并不急色的君子之态谈论说，尽管说得有些酸溜溜，说得那样陌生。是呀，这样的话，是他早在十几年前正当青春少年时对着心爱的女

35

孩子说的。小青妩媚地望了他一眼，没有说话。

这时，服务员敲了一下门，端着一个盘子进来了，给杨伟和小青每人端了一杯茶，然后将菜谱递给杨伟："先生吃什么菜？请点吧。"

杨伟将菜谱推了一下，说："小青，你喜欢吃什么就点什么，千万别客气。"

小青一点也不客气，非常熟练地点了六斤龙虾、三杯奶茶和一个水果冷盘。杨伟看得暗自心惊，她吃得下这么多吗？同时也暗暗吃惊地发现，小青在外表清纯和少女般羞涩的神态下面，居然有一种非常老到的东西，那种东西让杨伟感觉陌生和吃惊，同时也感觉到一种隐隐的可怕。但他什么也没有流露，还是一样开心而热情地补充说："再来三瓶青岛啤酒。"服务员领命而去。

然后两人正说笑间，两个服务员就一人端着一个盘子进来了。

杨伟给小青倒了一杯啤酒。服务员给杨伟和小青各发了一双抓龙虾的塑料薄膜手套。接着，两人用筷子从火红的菜盆里把龙虾夹到自己的小碗里，再用手抓着龙虾剥开虾壳吃了起来。杨伟吃了两只龙虾就觉得喉咙生火，辣辣地痛，赶紧往口里灌啤酒。而小青吃得满嘴绯红，像涂多了口红一样，却还连连说味道好极了。杨伟怕辣，停下筷子，看着她吃。杨伟突然想起一句歌词来，禁不住笑了起来。小青见杨伟发笑，以为自己哪里不对劲，就问："杨哥，你笑什么？是不是笑我的吃相狼狈？"

"不是不是，我是想起一首歌来。"

小青马上问："什么歌？"

杨伟便哼了起来："辣妹子，辣妹子，辣辣辣。"

小青说："哦，你倒是会见景生情，可我不是湖南人，也不是辣妹子！"然后小青似乎在为刚才的吃相找托词，不好意思地说，"杨哥，不瞒你说，我晚饭都没有吃，因为菜不好，吃不下。"

"那你就别客气，尽管吃，少了再加菜。"杨伟边说边趁机迅速地在她的脸上亲了一口。小青推开他，嘟着嘴说："不理你了！"

那副天真可爱就像一个在校的中学生，杨伟禁不住用无限疼惜的眼神看着她。打量了半天，然后杨伟由衷地痛楚着问："小青，你为什么不上学呢？知道吗，我从一开始就想这样责怪你了，你说你这么好的一个女孩子为什么要做这一行呢？"

为什么不读书，杨伟真的不理解，是的，他熟悉的年轻女性，妻子是在读博士生，而妹妹则是青岛大学的本科生。

杨伟说什么也没有想到，他的话刚刚出口，这个刚刚还娇嗔柔情欢欢喜喜地吃龙虾吃得樱唇嫣红的可爱美丽女孩子，脸色立刻就惨白了，接下来她愣了片刻，然后眼泪就瀑布般地涌了出来。她简直不是在哭而是泪如雨般地倾泻，并且是倾盆大雨似的倾泻，一下子弄得杨伟手足无措起来。连连又是递纸巾又是说好话，好半天，小青才渐渐停止了泪雨，平静了下来，开始对杨伟讲述起自己的身世经历，好像所有的风尘女子都有一本酸楚痛苦的身世经。不过这种身世经却往往是真实的，那里面的真实往往让人们不敢面对。

30

小青说她本来不是青岛人，是后来才到这里来的。因为她要逃避。本来从小学到中学，她一直学习很好，虽然家境一般，但总也算得上是衣食饱暖。可是突然祸从天降，父亲遭遇车祸，当场就死了，而母亲却在不久以后突然病危，得的是白血病。而小青已成家立业的一个哥哥和两个姐姐都只顾自己的小家，给母亲拿钱治病的事儿，看一个不肯管，其他几个就也学着不管，并且这还成为他们相互推诿的理由，如果小青的母亲来找他们中的任何一个，他们中的那一个都会将另外两个不管的拉出来当借口，然后就理直气壮地拒绝拿钱给母亲治病。

只有小青是一个有孝心而懂事的孩子，她只好去当家教，开始没有人家肯找一个刚刚读高一的女生做家教。几次碰壁后，一个偶然的机会，她被一个有钱的老男人看见，他非常爽快地让她来担任自己孩子的家教。结果不用说，这当然是一个有目的的骗局，小青被那个老男人用一个很俗套的办法，就是在饮料里面放安眠药给蒙倒了，后面就更不用说了。

31

这以后，那个老男人就与小青达成了协议，她一周来两次，每次两个小时。而这个老男人可以保证这一周小青母亲所需要的输血钱不成问题。小青当时也是如此地痛哭，痛哭得眼泪如雨般地倾泻，并且也是倾盆大雨似的倾泻。她就是在这样痛哭着的情境下，点头答应了下来。这个老男人因为做生意几十年了，他本能的做法就是不能赔本，于是每周小青到他那里的两个小时就被最大限度地利用上了，他能整整两个小时趴在她身上，一刻也不下来。弄得小青只要一想到与他见面，就有种想呕吐的感觉。这种事情一直持续到被那个老男人并不老的妻子，一个红不起来却姿色不差的从事曲艺工作的女演员给撞见为止。

本来他的老婆一直把这个家当成一年中回来几次拿钱的那么个特殊地方，不想却无巧不巧地发现了老男人的丑事，于是小青被她痛打了一顿，差一点就毁了容。从这件事以后，小青再也不去上学了，因为那个女人又到她的学校大吵大闹，说什么小青在做暗娼、在卖淫，于是小青被学校开除了，小青的求学时代也就永远地结束了。

同时结束的还有她的亲人们，小青的母亲说什么也想不到自己治病的钱居然是女儿用这么个方式弄来的，她受不了这个巨大的打击，病情骤然恶化，带着对女儿深深的疼惜和爱怜，她永远地闭上了眼。而小青那些冷漠势利眼的哥哥和姐姐们占据着道德上的优势，完全有理由瞧不起她，更有理由不与这个不满十八周岁、还未成年的小妹妹来往，因此就更不必照顾她的生活所需要的费用了。

当时的小青曾想过自杀，但她不甘心就这样将如花的生命毁了，于是她想到了逃避，当时她认为最好的逃避这一切的方式就是出国，可是她没有钱，又不能偷渡出境，于是她来到了青岛。

她想在青岛找一份高薪的工作，可是除了那种地方，像她这样除了面孔漂亮外一无长处甚至连个高中毕业证都没有的人，想要当白领且高薪，是根本无从谈起的。为了尽快地实现出国梦，她来到了夜总会、酒吧、KTV这种地方工作。这个极其漂亮的女孩子，眼睛本来是近视的，可她却不好意思戴眼镜，真的怕有辱斯文；当然她也不敢戴，怕戴了没有客人来找她。这样小青一个月可以收入近万元，她在第一次月收入如此可观时曾痛哭了一场，因为她想到如果母亲还在就好了，那样她就可以用这笔钱给可怜的母亲治疗白血病了。但是，现在母亲没有了，她是要为自己的将来想一想了，将来会怎么样，她不知道，也不做任何的幻想，她只相信自己的真实努力，于是她决定将钱积攒下来，到了一定数目时就自费出国留学。可事实上，每个月的花销非常之大，那笔不菲的收入往往还入不敷出，但这并不妨碍她在一边渐渐变得腐化堕落懒惰而虚荣；一边却仍梦想着有朝一日再回校园，重新读书以圆她的大学梦。

32

杨伟听罢这个故事，一下子被深深地震撼了，他无比真诚地对小青说："坐台女孩是一个另类的弱势群体，却又不被社会认可，但是你不要悲观，同在蓝天下，命运于你们来说，当然也并非一片漆黑。你要相信，没有一成不变的命运！再说了，坐台也只是谋生的一种手段而已。我一样尊敬你的人格，真的，甚至我认为你的人格比你的那些占据道德优势的哥哥姐姐高尚多了。"

小青这时已经放松下来，她听了杨伟的话，嫣然一笑，说："你知道吗，我们这些你们正人君子所谓的坐台女子中间流行着一个顺口溜，想知道它是怎么说的吗？可好玩了，嘻嘻。"

杨伟自然想知道了，忙问是什么内容，于是小青说道："下岗妹，别流泪，挺胸走进夜总会；陪大款，挣小费，不给国家添累赘；爹和妈，半生苦，老来待业很凄楚；弱女子，当自强，开发身体养爹娘。"

33

杨伟和小青边吃边聊，最后不知不觉已经凌晨一点多了，杨伟提议："不如到我家去吧！反正我一个人住。"小青面露难色，一副思想挣扎了很久的样子，然后默默地跟着杨伟走了出去。

在夜风的吹拂下，杨伟的心在加速跳动，小青也和他一样呼吸急促起来，甚至都是忐忑不安，因为他们都明白，接着将发生什么。

到了杨伟和江筱月自己小家所在那个小区楼下的时候，小青当然还是很犹豫的样子，于是杨伟上前去拉着她那光滑细嫩的手，生怕她从自己的眼前消失。

于是小青这才恰到好处地低下头轻轻地点了一下，表示默认了他们中间即将出现的关系。杨伟顿时感觉备受鼓舞，他兴奋得差一点就喊了出来，如果不是怕邻居听见。

34

到了那个一向溢满寂寞的家之后，杨伟突然感到心旷神怡，这种感觉多么温馨啊，好像眨眼之间，以前这个死气沉沉的家突然成了富丽堂皇的宫殿。

　　进了屋里，小青又开始不安起来，诚惶诚恐得不知所措。于是杨伟试图分散她的注意力，对她说："你可千万别笑我屋里乱啊！一个人住就是这样的！"

　　小青果然把注意力转移到杨伟的屋子里了。她往周围看了看，笑笑说："可以理解！"然后她不再说话，只是温柔地频频微笑，接着就弯下腰去摆放那些平时就乱扔的拖鞋。

　　这个小家庭的富丽堂皇和气派有钱着实让小青心里吃了一惊，但她什么也没有流露出来。

　　此刻杨伟觉得小青真像一个天使，她那笑不露齿的面容简直让人陶醉。杨伟温柔地扯着她的小手，越过凌乱的客厅，走进他和江筱月的卧室，招呼她坐在电脑椅子上，给她打开电脑，放些歌给她听。杨伟说："你先听听歌，我去拿点东西给你喝。"然后杨伟去冰箱里拿了两盒酸奶，一人一盒就喝了起来。

　　沉默了一会儿，杨伟说："和我单独在一起，你很害怕吗？"小青尴尬地笑笑说："没有，只是有点不习惯！"然后他们就前言不搭后语地聊了些至今杨伟都没有回忆起来的话，但杨伟清楚地记得，在说话的过程中，他的耳根子是发热的，他的心跳也不太正常。而她也是局促不安的，脸庞绯红，在杨伟看来更加娇艳、更加妩媚，看得杨伟春心荡漾。杨伟非常聪明地主观认定，他这个人因为事业和情感、家庭的顺利总是不免过于自信，这种自信让他常常对很多事情会想当然。于是自信让杨伟非常主观而想当然地认定，这种情况是她从来没有遇到过的，小青是那种出淤泥而不染的女孩子，虽然她是从事那种工作的。所以小青从进到屋子里到现在都没有放松过，杨伟知道她不是害怕自己，而是不适应这种环境和这种情况而已。

　　果然不到几分钟，小青居然说："不如我现在回去。"杨伟知道这不是她的本意，而是她无所适从的一种表现。杨伟于是微笑着把她从椅子上拉了起来，让她坐在床沿，轻轻地说："别怕！"她狠吸了口气努力放松着自己，然后信任地向杨伟点点头。

　　两人并肩坐在床沿，此情此景，就像在梦里一样，虽然以前杨伟在她的工作环境里，就是这个样子与她并肩坐在一起，只不过不是床上而是在沙发上，杨伟曾经无数次热烈地拥吻过小青。自然地，此时此刻，杨伟也温柔地抱着她的腰，轻轻地吻向她的嘴唇。小青闭上眼睛，经过短暂的被动后，开始热烈地响应他的吻了。

　　杨伟尝到了一股鲜嫩的淡淡的夹着清香的甜味。他不停地探索深入，忘情地品味。他感觉到一种无上的快感，他生怕这种快感稍纵即逝，于是分秒必争，紧紧抱住她，希望时间凝固在这一刻，让他们永远这样吻下去。

　　那个夜晚他们浑身无力才结束。

第四章　从豪情万丈到空虚

35

偷情是都市男女生活的另一面，尤其是灵和肉分离之后的痛苦，还有无意义的追求肉欲后灵魂的堕落带来的痛苦和迷惘。这是整个人类的堕落，不可避免的堕落，人类的情感与爱欲的明天在何方？没有人知道！女博士江筱月的脑子里在转着这个问题，并且自问自答。然后她又是思考又是自问，她的感觉复杂极了。

是的，江筱月也真的出轨了，真的偷情了，并且在老公出差后把他领到了自己老公的床上，这里面有对老公故意冷落自己的让她无力于寂寞折磨下对他的一种报复，但也不能不说与当前那种都市里空前开放泛滥的腐化思想有关。

江筱月的那个情人比她年轻几岁，他折腾了足足一小时，终于倦极而眠。而江筱月却怎么也睡不着了，江筱月的思考和追问非常复杂和无条理，也无法回答，时针指在"2"上，江筱月正在度过她偷情生活里常见的激情之后最难熬的深夜。没有人知道，江筱月总是在偷情之后的一个个深夜里辗转难眠，痛苦地思考着，迷茫地追问着。

此刻，江筱月拧亮台灯，在柔和的灯光下，打量着她的枕边人。见过他的人都说他是十成的帅哥，尤其是那双总是含笑的眼睛有着所向披靡的魅力。可江筱月在心里却更喜欢他熟睡的样子，安详得近乎于圣洁，尤其是当他突然在睡梦里笑一下或皱皱眉的时候，那突如其来的甜蜜和伤感会让江筱月心醉又心碎。

江筱月不禁轻轻地在他的额上吻了一下，他居然抬手拂了一下额头，好像不高兴她打扰了他的梦一样。江筱月又好笑又好气，偏偏要打扰他一下，于是轻轻地抚摸着他的身体，那种就是毫无瑕疵的锦缎也不能比拟的光滑手感舒服至极，让江筱月怀疑这不是男性的躯体，即使是用"肤若凝脂"这种形容女孩子的最佳词句来形容也不为过，在他的皮肤之下，是匀称的极富弹性的骨肉，多么完美的躯体！江筱月想，她一辈子也不可能再遇到第二个了。

一想到这儿，江筱月就马上想到早晚他会离开自己，投入另一个在法律上拥有与他同床共枕权利的女人的怀抱，这使江筱月无奈而神伤，于是下意识地搂住了他。

梦中的他感到了江筱月的拥抱，竟然配合地把脸深深地偎在江筱月的胸口，那种温暖和服服帖帖使江筱月的心底荡漾着无比的幸福，泪水不经意地打湿了枕头。

江筱月就这样和他依偎着，突然，江筱月使劲儿地在他的怀里挣扎了一下，并放声大哭起来。

那个帅气的大男孩醒了，他揉着惺忪的睡眼，吃惊地问江筱月："你怎么啦？哭什么呀？干什么不睡觉？"

江筱月带诉带泣地说："今生今世，我就做一个知你懂你却不能爱你的红颜，做一个想你恋你却不能拥有你的红颜，好吗？"

这个英俊的大男孩含糊地应了一声，就又睡了过去。

37

又是乏味的一天！下午两点多，那个英俊的大男孩从甜蜜的睡梦中醒来，当然他并不是在江筱月的床上。在江筱月家里过夜，那是他们交往中的第一次，同时也是唯一的一次；并且这个时候他还没有认识江筱月呢。他姓于，叫跃龙。生于一个最普通的乡村家庭，但学习成绩优越、早被父母乡亲寄予成龙厚望的他，从山东大学新闻专业毕业后，几经波折，就来到了青岛，他认为青岛是一道龙门，他一定会跃过去而成为一条金光闪闪的龙。可是几年下来，于跃龙在青岛还只是一名小记者，一个仅仅有资格凭借着他的本科学历取得青岛市户籍的最普通不过的小人物。

于跃龙全身发懒、没有什么奔头干劲地小睡醒来，没有发现什么感到新鲜的东西。洁白的墙壁上没有冒出一个可爱的小精灵给他一个会心的笑。他的头靠在简单木质床头的护板上看了几眼窗外的呈方形的天空，然后花了一小时阅读昨天和今天的报纸，今天的报纸是舍友扔在他脸上的。看看有什么值得关注的新闻，也是为了晚上的工作，于跃龙可以把一些值得关注的小豆腐块弄到他所编辑的报纸那一版上，只要把那个版面想法儿糊弄满了，他就万事大吉了。

然后，于跃龙跑到附近一家看起来还算干净的小饭店吃了一碗三块钱的拉面；于跃龙原打算自己做西红柿蛋汤买点馒头吃，可是据某报所报道，现在街上卖的全是用硫黄熏白了没有香气的馒头。于跃龙实在不想再吃它了，况且自己做汤的手艺，连他本人都不敢恭维。

虽然同一寝室，可于跃龙的室友却并不普通，他现在是这座城市另

45

一家小报的著名记者，老能搞到各类书籍、商场的优惠券和高级洗浴中心的门票，甚至包括避孕套。

走在小路上，海边的天空依旧那么湛蓝，反衬着尘世的肮脏；绿树在微咸的秋风里摇摆着它最后的青春，这景象让人多少感觉有点儿残酷；层层叠叠的红色尖阁楼的老房子，在落日的光辉中静静立着，好像在倾诉着自己甜蜜的往事。夕阳中弯着腰的小脚老女人慢慢在走着自己人生的最后一段旅程，她人生的大幕就要落下，晚年的孤独和寂寞很快就会随之而去；而年轻漂亮的女人则挽着自己的另一半在惬意地笑，这个世界此刻正叫她沉醉在爱情的旋涡里，却叫于跃龙与痛苦为伍。小孩子背着书包飞快地跑，身后撒下一片叫于跃龙充满向往的回忆之情的笑声。这种如银铃一样发出回音的孩子的笑声，对他来说真是太残酷了。

于跃龙在坚硬的条石铺就的弯曲的街道上漫无目的地走着。两百多米的街道上挤满了门面狭窄、窗户肮脏的烧烤店，街道上便飘荡着一股呛人的浓烟、烤肉的香气、鲜鱿鱼的腥味，以及啤酒的清香，当然还夹杂着形形色色的男人发出的汗馊味儿。青岛的男人们大都肥头大耳，挺着啤酒桶一般的肚子，坐在当街满是油污的小桌子旁，一手拎着能装三斤啤酒的杯子，一手捏着肉串，吆吆喝喝；青岛的女人们则大都很年轻，苗条的身材，一色的一头染成黄色的飘逸的头发，穿着当今最流行的黑色紧身衣服，好把并不优美的线条勾勒出来，吃得嘴角流着金黄的油。

于跃龙很想喝一杯啤酒，好叫他的胃，或者说叫他的神经轻松一下。可他知道自己的钱已经所剩无几。

38

走到这条街道的尽头，便是这座城市无数座著名建筑物——就是某些人所说的"凝固的音乐"中的一座——德国人大约一百年前建造的天主教堂。教堂周围非常安静，行人寥寥。于跃龙不是一个天主教教徒，但他喜欢立在斜阳中，仰着头，看那两个直刺天穹的教堂顶尖。欧洲人认为人死后灵魂就从那儿进入天堂。

秋季对于青岛这座城市来说，只是一个匆匆过客，就像对于这个世界来说，人们都只是一个个匆匆过客。昨天还绿油油的小草今天已经枯萎，中山公园大门两侧爬在花岗岩墙壁上的常春藤叶子被海风吹成橘黄色。夏天清凉的海风眨眼间就变得像刀子一样，能刺痛你的皮肤。

在初秋的青岛，于跃龙瑟缩着，从教堂的西侧转到教堂的正门前，他走近去审视着那些饱经岁月磨洗的已经变了色的花岗岩基石。于跃龙觉得：只有在它的坚毅质地里，岁月才是永恒的。教堂两扇黑漆漆的大门紧紧关着，仿佛象征着耶稣的仁慈和大度已经对他关闭了似的。于跃龙笑了笑，一直徘徊在圣殿前，却不能下决心走进去。这也许就是他永远的人生悖论吧。

39

于跃龙继续朝东走，拐向通往东北向的那条同样弯曲狭窄起伏不平的街道，表面光滑的条石硌着他的双脚。

一个个各种形状的年轻女人的脑袋，随着于跃龙的前进，从虚掩的写着"美容"或者"洗头"的玻璃门缝里时进时出。显然，这个有点落魄、有点憔悴的二十七八岁的年轻人不是他们期待的猎物，所以大都满脸失望，甚至是鄙夷。只有一个刚出道的对金钱的入笼没有多少经验的年轻女理发师，从屋里快步走出来，小声问于跃龙"要不要洗头"，语气里满含着这个时代所特有的轻薄的期待。于跃龙盯着她猩红而富有肉感的嘴唇，茫然地问她："你在说什么？"

等她走开的时候，于跃龙不禁笑了。他回头看看渐渐隐没入黑暗中的高耸的建筑物。它正在把天空刺裂。

40

于跃龙朝东南方向走去，和刚才朝下走不同，这次是朝上走。为了驱除他内心里那股桀骜难驯的欲望，以及对鲜红的肉体的渴求，于跃龙要转移他观察生活的视角。于跃龙想起了一个女人，她的网名叫"红杏枝头春意闹"。不用说，一提到网名，就说明他们是在网络聊天上认识的。虽然于跃龙只是一个穷困潦倒的小编辑，当然偶尔也客串记者的角色，边角已经磨损的革质钱包里也没有几块钱，但这并不妨碍于跃龙在她的感觉里天下难寻，以至于作为一个女博士的她会在深夜里无助地抱着难舍的他痛哭。

于跃龙的工作没有规律，大多时候闲着无聊，对着电脑屏幕的几何图形发呆。于跃龙是午夜时分偶尔在新浪网上聊天的时候认识她的，一个被寂寞逼得无以自处的女人。其实，于跃龙向来对网络上虚拟的世界并无好感。当然，也不是太反感。于跃龙的网名叫"文明异化的心"。她主动和他聊天。大约五分钟后，他们就已经像老朋友一样无话不谈了。

他们第一次聊了些什么，于跃龙几乎忘记了。大体上是很普通的话，比如你为什么叫这个名字，你爱好什么呀等。自从那天午夜认识以后，他们每天都会聊上半小时，或者通个电话。而且于跃龙也在刹那间改变了对网络的认识。尤其是在昨天夜里的聊天后，于跃龙非常想见见她。

41

文明异化的心：我想见你，看看你的样子。

红杏枝头春意闹：我没有什么好看的。我是一个老妖婆，蛮横霸道，会吃了你的。嘻嘻。

文明异化的心：我没有肉，我不怕，倒是你，你要小心你的一口老牙呀。呵呵。

红杏枝头春意闹：你不是说你高大英俊吗？你的照片到哪儿流浪去了？一周过去了，我还没有收到。你是不是压根就没有发？！

文明异化的心：大概网络有问题。我想见你。我发了，我发誓！嘿嘿！

红杏枝头春意闹：（坏笑）见我干吗？我是一个凶巴巴的女人。老女人。黄脸婆。我和每个人吵架。人人都很怕我。

文明异化的心：我明天中午一定要见到你。因为我饿了，我的肉体饿了，我的心灵和情欲都饿了，而且饿得很。我们在哪儿见面，女妖？你的嗓音很适合唱歌。你或许是那个女妖，我不用把自己捆在桅杆上。呵呵！

红杏枝头春意闹：我说要见你了吗？我不会见你的。你就想死也白死，我不会见你的。我有事业，很体面的，我不能不顾虑。我还有女儿，她是我的生命。我爱她。

红杏枝头春意闹：我们没有将来的。连现在我都没把握确定。我比你大太多了。我已经老了。脸上开始长雀斑。皮肤也松弛了。一个丑陋的老妖婆。呵呵！

红杏枝头春意闹：你在干吗？为什么不说话？勾引小女孩去了吗？

文明异化的心：（愁眉苦脸）我在想。苦苦地思索。

红杏枝头春意闹：想什么？

文明异化的心：我在想你的獠牙是不是很尖，而且你第一口会在哪儿下。

42

　　这时，于跃龙的一个同事兼大学同学慢慢地逼了过来。他以为于跃龙发现不了他。而其实，于跃龙有着响尾蛇一样的天赋的灵敏。于跃龙关闭了聊天的窗口，迅速而不露破绽地打开了 Word 文档，装作写稿子的样子，并且满脸愁容。他一把抓住于跃龙的肩膀，像个疯子似的"哈哈哈"狂笑起来。然后他注意到了电脑屏幕，突然就停住，无趣地转身走了。于跃龙就再次打开屏幕。而她的不满从红色的字体上，异常强烈地放射出来。

红杏枝头春意闹：不会告诉你的，我要叫你恐惧。我的牙可以咬破刚果出产的钻石。害怕吗？呵呵！

　红杏枝头春意闹：喂喂喂，你在干什么？

红杏枝头春意闹：喂，说话呀。我生气了。

红杏枝头春意闹：我真的生气了。你这个坏东西！

红杏枝头春意闹：你要下地狱的，坏东西，你叫我如此难受。

文明异化的心：我明天去看你，老妖婆。你吃了我吧！

43

　　下了夜班的于跃龙想象了一下一个已经做了五六年妈妈的女人此时焦急的心情，禁不住有点儿得意。走着，走着，他的思维打了个岔。觉得自己仿佛身在地狱的底层，正朝上爬着，和但丁一样。

　　"我说了谎，欺骗了一个女人。严重地说，是在引诱一个女人，而她也许很善良、很温柔。我在慢慢坠入地狱吗？要不我的一向火热的心为什么有那么一瞬间的冰凉呢？"于跃龙在自我的责问中对自己深恶痛绝，不过，于跃龙很善于调节自己的情绪。他很快就兴奋了。很快就要去看她，当然不是于跃龙说的第二天中午，那是他故意说的，以此表示他对她的强烈兴趣，他知道这样会更打动她，对于一个青春不再的女人来说。而这样对待一个正当青春芳华的少女，她会感觉除了烦还是烦，但一个青春不再的女人却会为此感到感动，因为还有人对青春不再的她如此兴趣强烈。

不过他们到底还是决定要见面的，并且约好了是在另一座城市，当然这是一个小地方，离青岛很近的烟台。"万一让熟人碰见了可怎么办？"她是如此顾虑的，当然不用说，这一次江筱月会见男性网友可不想让杨伟在一旁监督，甚至江筱月根本就不想让他知道。

为了保险起见，这是江筱月说的话，她要保的这个险不是生命与财产，而是面子。她顾虑重重地对于跃龙说自己是个博士，是大学里的教授，面子最重要。可于跃龙根本不信，只当她瞎吹，但他知道这个女人有顾虑是真的，于是答应到另一座城市见面。照片中的那个女人还是很性感的，长长的头发，脸色略显苍白，大概是拍摄时光线没有调好的原因，"现实中呢，她会是什么样子的？我会爱她吗？她是我的引路人？引我走到哪儿呢？管他呢，该到哪儿就去哪儿。就让我和魔鬼也打个赌好了。不论是输是赢，今天过去就过去了，今年过去就过去了。这就是今朝有酒今朝醉！"于跃龙又这样由自我责问而改为自我安慰了。

于跃龙走到路的尽头，目光掠过雄伟的老市政府的身姿，再望就是那一望无边浩渺壮阔的大海。退潮后的大海很安静。新修的栈桥默默沉入它的梦乡。几只不愿意休息的海鸥还在贴着海面飞翔。金黄色的沙滩上有几个游人在漫步。傍晚的潮气笼罩着一切。沿海公路上连成线的汽车飞快地跑着，就像独眼巨人放牧的猪群发了疯一样。远处的航道上一艘满是集装箱的巨轮正缓缓地挪动着，渐渐远去，开始它的征程，留下一柱浓烟。

"很快我也要开始我的征程，我的处子航！我义无反顾！"于跃龙告诉自己，"即使前面满布暗礁！"

44

天已经完全黑了。头顶上一棵硕大的无花果树投下来的阴影吞没了于跃龙高大健硕的身躯。秋风翻动着地上的落叶，发出簌簌的声音，就像周围隐藏了无数的幽灵，正在试图窥探他罪恶的思想和欲望。于跃龙突然感到了一丝莫名的恐惧，禁不住全身颤抖起来。

于跃龙不敢继续待在无花果树的阴影里。他拐向回家的路。路过老舍故居的时候，于跃龙停了下来，看看那一大片黑黝黝的树木和掩映在其中的老式建筑。于跃龙并不欣赏老舍的作品，但他钦佩老舍就死的勇气。于跃龙仔细地观看刻着"老舍故居"四个字的石头。穿过黑黝黝的台阶，看上去什么也没有；于跃龙意识到历史就是虚无主义者聊以自慰的虚无。只有石头是实在的，那儿仿佛铭刻着他倔强的灵魂。于跃龙很想和老舍先生交流一下人生的几个问题，可他强烈悲哀地发现他们根本不能沟通。

45

于跃龙回到家里。所谓的家，就是于跃龙和一个大学同学合伙租来的一套两居的空房子，于跃龙住在带阳台的那间屋子里，除了睡觉的一张木床，就是散乱地堆积着各种书，文学书居多。离上班还有一小时，他随手拿起枕头边的一本书，翻了翻。可于跃龙看不下去。他闭眼想想即将和女性网友见面的场景，禁不住亢奋起来。一个丰满的将近中年的女人！

46

在经历着七年之痒的时候，当初夫妻间的甜蜜早在不知不觉间慢慢消失了，特别是丈夫随着工作压力渐大，说话的口气越来越让人听着不舒服，让小夫妻都感觉到了婚姻的另一面，女性是敏感的，她们对于婚姻的另一面尤其敏感也尤其伤感。很多女性的婚姻都是这样的，于是很多女性都是这样敏感且伤感，至少江筱月现在就是这样敏感而伤感的。

由小吵发展到冷战，一个星期不说话，是常有的事。换句话说，现在他们连吵架的激情都没有了。家里的空气经常死一般的寂静。江筱月在从香港回到青岛后常常感到很悲哀，当初为了爱，不惜背井离乡，克服重重阻力，孤身留在青岛。为了爱，她义无反顾地选择了他和青岛，结果竟然是这样的？！于是，江筱月有了离婚的念头。当然她并不是决然地决心要离，而是想想而已，并且在这种想象中，她的丈夫因为江筱月要离婚而重新对她关爱备至，温情脉脉。

但事实上，不管江筱月如何想象如何敏感，她的丈夫杨伟依然对她若即若离。如果说在香港的四年，江筱月是孤独的，她形单影只；那么现在的江筱月就是寂寞的，虽然丈夫在身边，却形同没有。本来孤独与寂寞没什么区别，可现在来自丈夫的冷暴力也变成了寂寞，这种寂寞的苦恼无处可倾诉，江筱月就上网，网络是可以发泄情感的地方，当然江筱月最初上网的目的也包括要刺激老公一下。江筱月先后认识了几个网友，感觉比较投缘，就把自己真实的烦恼在网络中倾诉出来。不过，也仅限于在网络中交往，一般不见面，最多打个电话。

而杨伟这时却一反他以前的大度，对江筱月的上网聊天变得特小心眼，也许是江筱月那次会见网友给他的刺激太深，也许他对江筱月的旧情其实还很深，总之杨伟开始反对江筱月和网友语音聊天，但他却依旧不肯改变对江筱月的冷暴力行为。江筱月尽管现在些许感觉到丈夫的一些旧情依恋，但那种寂寞却依旧没变。在一次因为冷暴力和寂寞的大吵之后，江筱月提出离婚，他居然冲动地说："离，你去离！"

在随之而来的这段苦涩的日子里，江筱月常常躲在无人的角落哭泣。两人这次冷战的时间特别长，冷战双方的心路也是艰难而漫长的。江筱月的内心其实并不愿意离婚，老公曾经对她那么呵护、那么有激情，两个人婚后一直是他给江筱月做饭。可是江筱月没有想到，就在她到香港的四年后，他们之间的那种爱情、那种呵护与激情居然就改变了。是什么改变了这一切？寂寞！

江筱月明白，在没有她的岁月里，一定会有一个甚至几个女人来安慰杨伟那强劲的肉体和脆弱的内心。江筱月知道自己的丈夫是一个最耐不住寂寞折磨的人，这个世界上最可怕的杀手就是寂寞，是它将自己原来一份好好的感情和一个美满的家庭给杀伤得破烂不堪、零七八碎。

第五章　从不忠到永失所爱

47

以后，我该怎么办，我的情感归宿在哪里？江筱月在现在这种寂寞的苦涩日子里追问着自己，然后她带着寂寞的苦涩去上网聊天。

就在这时候，他出现了！在江筱月最脆弱的时候。他俊朗，年轻，体贴，温存。对于跃龙的感情一天天在加深，江筱月感觉自己需要他，激情而浪漫的他。他们每一次网聊和通电话，江筱月都非常惬意，感觉到全身心的舒畅。

江筱月与她的这个网友情人第一次肉体接触就明确地知道无论两个人再怎么爱，他的身边都没有自己的位置。可是江筱月无法自拔，当他向自己吻来，那一吻温柔至极，缠绵至极，也纯美至极。在此以前，江筱月从来都不知道男人的唇可以如此柔软。那一吻已经刻在她的心底，连同江筱月美好的情一起埋葬在那儿，并已经被她永远地封锁起来。烦恼时，江筱月打开那把锁，把他从心底温柔地叫出来，于是他就成为江筱月的知己，和江筱月一起分担。而在快乐时，他们也以这样的形式在一起分享。这种于江筱月心底封锁后再温柔地呼唤出来的甜蜜默契，一开始就有，这是从来不曾有过的甜蜜默契啊！于是灿烂的笑容重新出现在江筱月的脸上。她开始憧憬新的生活，希望和于跃龙打破一潭死水，可是江筱月每努力向前前进一步，于跃龙就往后退一步。他明确告诉江筱月，自己无法给她承诺，江筱月再怎么努力，也是在等待一扇永远不开启的门。但他同时又说，他会一辈子对江筱月好，一辈子都不放弃对江筱月的情感。

永远的情人？情人能永远吗？江筱月对他对自己都没有信心。江筱月已经三十五岁了，没有多少青春可以挥霍了，还能这样稀里糊涂地活着吗？

江筱月这时才开始重新解读起婚姻来，她想到，女人一旦结了婚，希望男人对你全身心投入是不现实的。还是原谅丈夫的婚外情吧，虽然江筱月现在还没有直接的证据，但女人的直觉告诉她那是肯定的。外遇，这个激情而危险的东西，对别人是故事，对自己是事故。不要轻易染指。外遇是戴着脚镣跳舞，情到深处人孤独。进去容易，出来是很难很难的。

48

江筱月不无悲伤地想，生命是什么？我们不知道。李叔同说生命本就是一个为了告别的盛宴。是啊，来到人世的这一刻，我们就知道终有一天生命是要走向尽头的，人在这个世上有时候很累，什么样的人生才算是值得？什么样的情感才算是爱？也许有的人一生也碰不到真爱，也许有的人碰到了，也只能彼此黯然错过。也许一生碰不到自己的真爱，可能还好一点，这样至少不会有太多太多的思念和太多太多的挂念，以及太多太多的不舍。人们得不到很多东西的时候，只把希望寄托于来生，可是，可叹的是，幸福的可能是今生随时可以创造的，而来生，谁又知道呢？唉，人生可能就是这样无奈吧。悬崖上有花很美丽，可是再朝着它往前走一步，就会粉身碎骨，有些决定虽然很痛很苦，但还是要做，无论你做什么决定，只要你清楚地知道，自己在做什么，自己最想要的是什么就行了。

江筱月于是化名"红杏枝头春意闹"在网上发帖子，把自己的婚外情向所有陌生的人讲述，并希望得到大家的指导，以便让她知道自己以后该怎么办。

一个叫"相信缘分不信誓言"的人给她留言说：做情人的下场，我想每个女人都清楚。

江筱月回帖说自己的可悲之处就在于，明知道这是一个悲剧，却仍然要做；就如同一个充满激情的游戏，任凭她如何痴狂投入，但终有曲终人散的一天，但即使这样，她也不后悔并仍然要投入进来，并且投入得痴狂。

49

江筱月和于跃龙在约定好了要见面的那个晚上通了个电话，是在于跃龙方便的时候，江筱月打给他的，因为江筱月知道于跃龙经济上的窘迫。于跃龙也没客气，两个人将在网上说的又在电话里重复了一遍，然后，彼此的声音开始渐渐暧昧。江筱月告诉于跃龙，她的心底蛰伏了一些疯狂的想法："我只想要那一天里的几小时，在这几小时里，你必须完全是我的，而我也完全是你的。"

于是在这个晚上，于跃龙轻轻地对她说："等你来了，我要欺负你。"

听着那暧昧的话，江筱月却激动无比："怎么欺负呢？你怎么样欺负我呢……"

夜色开始让这个年轻男子的呼吸渐渐急促。而江筱月的心跳也在同步地骤然加速，她知道接下来会发生什么，可她却没有挂电话。江筱月也躲到了被子里，仿佛躲进了他的怀里。忘记了时间，忘记了空间，世界上只剩下她和他。隔了一道电话线，仿佛纠缠在一起的不只是彼此的呼吸，还有炙热的身体。

50

激情过后，于跃龙轻声地对她说，我爱你。江筱月也答，我也爱你。虽然她明知他们之间的鸿沟是无法跨越的，可是她根本没有注意到这个时候，他们两人其实连一面都还没见呢，更没注意到这样的话不应该是一个成熟女人相信的。

于跃龙告诉她："今夜，我的窗外正有很好的月色。"然后他还说起了"执子之手，与子偕老"那首对于他们来说正是最悲哀的诗，在说起窗外正美的月色之后。于是这话营造了一份美妙的诗意，这份诗意笼罩在正敏感且伤感的江筱月的心间，她的泪再次滑落了下来。于是在那一刻，江筱月感觉到了自己的心产生了巨大的变化，她想，什么时候我才可以躺在他的怀里，同他一起看他的窗外那美丽得让人哀伤的月色呢？

而在电话的那一端，江筱月的他还在继续说着。

他说：你是水做的，你有一颗玻璃心啊。

他说：你不要想得太多了，世事难料，任何时候都不要放弃希望，相信吧，希望永远都是有的。

他说：我爱你，所以我从来不要求什么，我只希望你是快乐的天使，而不是落泪的天使。

他说：我能承诺给你的，就是在我的心底会永远有一个地方属于你。

他说：我永远都不会丢下你。

他说：你永远都是我的"亲爱的"。

51

江筱月本来明白，男人是不喜欢时时剖白自己的。可是她却总是一再用这个连自己都感到愚蠢的问题去逼问那个她通过网络和电话深深爱上并将一直爱着的男子。

明知道，谁也无法给谁一个承诺，可我到底还想要抓住些什么呢？江筱月这样问自己也这样问于跃龙，同时也这样发帖子问所有能看到帖子的人。于是在电话里，在听到他的"我爱你"三个字后，江筱月流着泪，一次又一次地放纵自己，和他一起沉沦到欲望的最深处。

既然今生不能与你相守，我至少要让你永远记住这种沉醉的感觉。这是此时江筱月疯狂而特别的想法，然后她简直拿出了她读博士的劲头，这个劲头到底征服了于跃龙，让他渴望着和她见面，无比激动地渴望。于是江筱月和于跃龙之间在肉欲的放纵过后，谈论最多的就是见面。"等你/我见面的时候……"这已经是他们的口头禅了。可是他们绝口不提，见面以后怎么办。

江筱月在当时想，我所期冀的那一天中的几小时，也许会是我三十五岁以后的生命中最灿烂炫目的时光。但是我一定会为之付出代价，而且是沉痛的代价。因为，我必须有所决定。

可是她依然不悔见面的决定。以前江筱月也见过网友，也没什么大不了，可现在不同了，第一个不同就是杨伟的反对，再一个不同就是她感觉自己真的对那个他动了真情。

江筱月给于跃龙发短信：

缘的流星对你说：爱＋爱＝非常的爱；爱－爱＝爱的起点；爱×

爱 = 无限的爱；爱 ÷ 爱 = 唯一的爱；传给六个人，你就会幸福。你一定要传，因为我要你幸福。

于跃龙就这样回：

爱的次方 = 爱的飞跃；爱的积分 = 爱弹爆炸；爱的开方 = 薄爱；你要哪种爱？

江筱月再回：

我想要爱的 N 次方再加上爱的积分，然后微分，不要开方。

于跃龙又回：

我要把它建成数学模型。然后，我就是硬件，你就是软件，让我们疯狂地运行表达模型的程序。

江筱月回：

我会像病毒软件，侵犯你的每一个角落，直到你完全崩溃，然后格式化你的过去，让你的内存只装你的宝贝。

于跃龙回：

是啊，硬件永远都是软件的奴隶，我愿扩充我的内存、加大我的硬盘，永远不装防火墙，让你在我体内自由飞翔，我愿做你的小绵羊。

江筱月回：

我要重做系统，想法攻破你的墙，用写字板诉说情怀，用画图工具点缀你的生活，用捕捉窗口锁住你我的点滴，让内存存储欢乐，让硬驱软驱跟着我高速转动，最终软硬兼施。其乐无穷。

于跃龙回：

我们已经宽带联通，并且你我二十四小时在线，人相依，心相连，心芯相通啊。

52

临上船的时候，于跃龙的心再次兴奋得颤抖，当然还有恐惧和喜悦。当想到这种混合的感觉还要持续两个半小时，整整两个半小时，于跃龙却又有点沮丧。期待，他讨厌期待。当然，有时候我们为了把目的变成现实，就需要期待。没办法的期待。

当船到达时，于跃龙的手机响了。她问他还有多长时间才能到。于跃龙说还得半小时吧。她抱怨船走得太慢，又说她的心太乱了，简直是心乱如麻。她说她总是想起待在婆婆家里的女儿和正在搞的那个课题，还有她们大学里的那群大学生。她说一想到后者，就感觉脸红、无地自容，简直连再出现在人前的勇气都没有；她还说她的女儿是天下最可爱的孩子。她又说她很早就到了，因为在家里她也不能安心。她还悲哀无比地告诉于跃龙她此刻的感觉——一个即将被流放的囚徒。她说话的语速很快，几乎不容于跃龙插嘴。这符合她告诉于跃龙的她刁蛮执拗的性格。

于跃龙静静地听着。最后她说你快点来吧，要不我就要死了。于跃龙有一点感动。于是，在挂断电话的半分钟之后，于跃龙又打通电话告诉了她一句话，然后听见她害羞地说，你这个坏东西，天生叫女人疯狂。

这是一个成熟女人的评价？于跃龙听得脸直发烧。他只知道自己有一个强壮的躯体，浑身上下流动着优美的符合石器时代人审美观的线条。夏日的骄阳下，当他从冰凉的海水里雄壮地走上沙滩，浑身发出金黄色的光，于跃龙可以觉察出那些或坐或卧的女人们热辣辣的目光。可于跃龙认为这些女人太俗——那种追求贵族的高雅却追不上，又离开了最初的纯朴的那种俗——就像这座城市一样。

53

于跃龙从码头上下来，不理会那些肮脏丑陋给小旅馆拉客的中青年女人。走进人声鼎沸中，他一眼就认出江筱月了。她把右手放在腋下，头朝右歪。她看着于跃龙，眼睛中含着不满的火，不敢说话。显然于跃龙的身高符合她的判断标准，别的她就拿不准了。于跃龙的照片根本就没发出，所以她永远也收不到。她的目光随着于跃龙躯体的移动而移动。于跃龙拨通了江筱月的手机，她的全身就随着手机铃声响起而振动了。这是于跃龙感觉到的。

身高有一米八，戴着眼镜，清秀英俊又年轻，确实不错，只是他也太年轻了，看样子只不过有二十三四岁的样子，应当是个"90后"；他在网上说自己已经三十岁了，显然他是故意往大里说的。而江筱月说自己三十二岁了，显然她是故意往小里说了几岁。

"感觉怎么样？"于跃龙笑着问。

江筱月礼貌地微笑了一下，没做任何回答。也许他看出了江筱月很失落，于是于跃龙就说他很会唱歌的，"但愿我的歌声能给你点印象。"

江筱月说随便吧，心想别制造噪音我就阿弥陀佛了。然后她继续慢慢地打量着面前的这个男人，确实非常年轻，哪有三十岁，简直就是个她整天教的直喊她老师的大学生。于跃龙好像看出江筱月的心思，并没有真的唱歌，而是微笑着说："我不像三十岁，是吧？我会保养，所以显得年轻。"

这下子江筱月终于为自己也为她不敢喜欢的于跃龙找到了借口："大概也是吧，同龄的男人就是比同龄的女士显得年轻。"但几天后，江筱月才终于知道他其实还不到二十八岁呢。

他的脸上总是挂着淡淡的笑容，让人觉得亲切；一副书生气的样子，让人觉得憨厚；近视眼镜镜片的后面总是透着掩不住的柔和和聪颖；结实的身材让人真的想依靠。初次见面，江筱月把于跃龙仔仔细细地看了个够，发现的全是优点，找不出半点让她不喜欢的地方。如果说有不喜欢的地方，那就是一种担心，她强烈的自尊心和自我保护意识让她不敢向这个真的年轻又真的英俊的男人发展情感，因为她怕受到伤害。

而于跃龙对于江筱月的第一感觉是这个女人很可爱。虽然如她所言，她脸上的皮肤已经开始显出变黄的征兆，浅黄色雀斑已经在颧骨上部安营扎寨，眼睛中也不再拥有青春赋予的光泽。但他得说，她真是一个自然的可爱的女人。她没有化妆，连眉毛都没有修理过的痕迹。

忽然，她非常突兀地问："你真的还是个处男吗？"

于跃龙掉转了头，看着对面一座叫"车站宾馆"的灰色砖砌三层小楼说："我不是处男。"其实他是。他罪恶的本能还没有经他道德地思考，就作出了反应。

那座小楼坐落在一条幽静的小路上，周围是参天的杨树，树叶纷纷下落。小楼向阳的那面布满了美丽的牵牛花。牵牛花的叶子在秋风的吹拂下开始发红，那种带着紫色的红，看上去就仿佛一片燃烧的火焰。接着江筱月听于跃龙说，我们得找个地方住下。她同意了。她红着脸，盯着他的眼睛，用女人撒娇的口气说："你说过的啊，我们光聊天，不做别的。"

他藏着奸笑说："是的，我说过。"多傻的女人啊。他心里却在这样暗想。那时，正当中午的初秋阳光温暖地照耀着他们。

"问一个小问题，你第一次的赌注是什么？"他装作很平静地问。

"我人生的第一次赌注价值无法估量，我得用一辈子去计算才能弄清楚。"她恨恨地说。

于跃龙不禁脱口问道："那是赌什么呢？这么让你伤心。"

江筱月口气幽远地说："对于一个年轻的女孩子来说，还有什么比得过'感情'这两个字，只有它的分量才是从没被感情伤害过的女孩子的致命杀手。"

于跃龙不知道她是不是看自己年轻，故意用这种形而上的泛泛大话来唬他。他根本不怕。不过，看她严肃的表情，不像在开玩笑。不知为什么，于跃龙比较害怕女人严肃的表情。一些研究性格的书（有人认为这是江湖骗子的伎俩，可他不这样认为）说，这样的女人很容易用情太深。而用情太深的女人很容易认死理。本能地，于跃龙要用虚假的欢笑来击退危险的进攻。他要叫她活泼起来。于是他停下来，站在路旁，一只手指着那些美丽的牵牛花说："什么致命杀手，什么情感什么伤害，你就不要计算了，把生命用在体会人生的快乐上吧。"

"我已经不会体会人生的快乐了，我老了。"她的嘴角动了动，语气淡漠地说，而她的眼睛则死死地凝视着那片燃烧的火焰，然后她的眼角渐渐地湿润了。"你看我的手，再也不会圆润白嫩了。"她把双手伸到于跃龙的面前。"我每天都在忧愁和寂寞中度过，每天在家里至少得有一餐是和锅碗瓢盆打交道，而在外面，学生们叫我老师，同事和外人会叫我江教授或江博士，我已经习惯了把自己当成一个中年妇女；你约我的时候，我非常矛盾非常痛苦，我感觉自己随时都会死去，像一阵风吹走一粒尘土。哦，那种难过的心情，你真的无法理解……"她又要哭了。

于跃龙知道自己必须赶紧截断她的痛苦之路。因为他是一个比较容易受外界感染的人，这样的人遇到特定的情景就会放弃事先设计好的行动，哪怕成功在望。可他一时想不出什么有效的好话题来，于是他就使劲地搓手，以期找出一个适合的好话题，可惜他想了半天也没有找到。其实这本来应该不难的，在他们刚认识的时候，他们相互之间通了不止几百封信。但总是她写给他的多，而他不仅信回得少，且对于她的来信几乎连读都没有认真地读过，所以也就基本没留下什么印象。因此这会儿于跃龙也找不出一个适当的理由和一个好的话题来安慰她，因为他并不知道她喜欢听什么；尽管这时他很想说出一句她喜欢听的话来。

"你不高兴了？我不说这些了。你是一个叫人疯狂的坏东西。我们每次聊天之后，我都一夜睡不着，老是想你。"

"我也想你啊。"于跃龙为了让表情显得认真非常，以掩藏着他的虚假，故意把眼睛瞪得很圆，以表示这话是发自内心的。

54

第一次见面的江筱月和于跃龙说着走着，就到了那座小楼前，于跃龙叫江筱月站在宾馆的大门前等他。于跃龙去办住宿登记手续。负责登记的是一个在偷睡的颓废的中年男子。中国男人所有的惰性都在他的脸上展现着——稀疏的胡须说明他过于狡猾，焦黄的面皮分明告诉人他营养不良且纵欲过度，混乱肮脏的头发表明他不思进取。

于跃龙不合时宜地把他叫醒让他很恼火。他发红的小眼睛和表情里沮丧而恼火的神色，超越语言地告诉于跃龙，他昨夜去赌钱了，还输了。因为此时的于跃龙其实和他一样，也是要去赌的，并且于跃龙对于输赢有着绝对的把握，或者说输赢的关键掌握在他的手中。因此于跃龙心情还算不错，宽容地向他笑着。那个人双手上举，伸伸懒腰，打个哈欠，像一个京剧中的小丑一样，不耐烦地拖长声调说："身份证！几个人？"显然有钱的人是不会来这个宾馆的，这叫他还得以保持着过去岁月的服务态度。

为了早点把猎物收回猎袋，于跃龙照旧大度地不计较他的恶劣态度。于跃龙甚至都想朝他微笑。事实上他确实这么做了。你看，人性多么不稳定！于跃龙在心里感叹着。

于跃龙用无比悲哀且愤恨的语气骗他说："我的钱包在火车上被该死的小偷摸走了，而我的身份证就在其中，我眼下只有名片能证明我的一些情况，你要看吗？"

那个登记员头都不抬，抓住于跃龙的名片，照着它飞快地填着单子。看来他一向就是这么干的。这个可爱的浑蛋！假如追究我们这个社会的诸多罪恶根源的话，他至少要被判以十年的监禁。于跃龙又在心里感叹并暗骂着。可于跃龙扭头看看门口的可爱猎物，这个红杏枝头正春意闹的寂寞少妇。她正穿过那扇固定的还算干净的茶色玻璃门审视着于跃龙。于跃龙觉得这个女人正通过她所能得到的任何机会来窥探并且即将弄明白他正包藏着一颗罪恶的心。

为了证实心境轻松，于跃龙在给登记员押金的时候甚至哼了几声流行的酸歌。当然原因也许还在于，这种被开发的热浪遗忘的地方惠而不费。于跃龙很高兴，住宿一夜的费用只花去了他低微的一天工资的一半。

那个登记员像个瞌睡虫一样重新昏昏睡去。于跃龙朝他脏发乱蓬的脑袋投以幽默而轻松的一瞥，就快步走向了他的情人，只留下他年轻而漂亮的高亢口哨声在阴暗的大厅里回荡着。

55

房间在三楼。由于住宿者寥寥，加上缺乏维修资金，这座不大的旅馆显得冷冷清清。不过，看着脚下被磨坏的水泥台阶，还是可以叫人想象得出它曾有过的黄金时代。初秋的凉风从楼梯拐角处破碎的玻璃窗里灌进来，江筱月感到自己的身体在微微发抖，这多么像她死亡的爱情和破碎的家庭啊，如果丈夫不是如此绝情，天知道，她会是一个最守规矩的妻子。是的，如果不是伤透了心，江筱月是不会做出这样的事的，这样的幽会情人，在她看来简直是道德败坏到了极点，虽然她并不保守，但是她从不否认自己传统。可是江筱月显然并不希望这个小男人看破她的心事，于是嫣然地轻轻一笑，如同一个娇羞处女般小声地说："我怕冷，我是冷血动物，冬天快来了，所以我现在最大的愿望就是冬眠，像狗熊一样。"

于跃龙立刻就机敏地接住她的话茬说："那你可以把我的怀抱当作已经腐烂的树洞，我希望你长睡不醒。"

她故作生气，挣脱了他的胳膊，说："你这个坏东西，净想坏事。你是不是引诱了很多纯真的小女孩？"

哦！纯真的小女孩？多么美丽的字眼！于跃龙差点笑起来。"我还没有真正苍老。我只是觉得我的生活太沉闷，"然后他赌咒说，"我只对中年妇女感兴趣，尤其是你这样自然的成熟的女人。"为了证明他的嗜好，于跃龙赶紧吻了一下她的右颊。记者这个职业锻炼了于跃龙的反应能力，于跃龙基本上可以做到见机行事。她像一个害羞的少女躲避一个不懂情调的（她事后给于跃龙的评价）男人的嘴唇，同时警告于跃龙说："有人，这是公共场合。"

于跃龙笑着说："这个鬼地方，不会有人来的。"

一走进他们订的房间，一直口口声声把自己定位在中年妇女的江筱月显现出了青春活力，撤下伪装的她立刻把还未曾走远的青春拉回了一些。

这房间比于跃龙想象的还要好。一张宽大的双人床，被子看起来还算干净，有电视和卫生间。江筱月坐在床上，脱掉外套，小心地把挂在脖子上的小巧手机摘下来，临装进小背包之前，还像孩子一样注视着缀在手机上的来电感应器。她这样自我欣赏了足有五六分钟，然后才把小背包扔到一边，开始哼起歌来。

于跃龙站在窗口朝外看了一会儿。他心潮澎湃。他知道自己追求的高尚情操——一个人类社会人文理想的美丽幻影，很快就要飞走。他感到了彻骨的痛苦。这种多年来通过阅读诗歌散文、欣赏书法石刻陶冶而成的所谓人类高尚的人文情操，很快就要在熊熊的欲火之炉中化为乌有。远处是一片混沌的天空，而体内却像有一股电脉冲一样在横冲直撞。秋风拂过于跃龙发烫的脸颊。

56

"我们不是要聊天吗？"江筱月欠起上身，温柔地明知却故问他，"你在想什么呢？……来吧。我要叫你抱着我，做我的树洞。"

哦，多叫人销魂的召唤！于跃龙慢慢走近她，在她身边坐下，把手从她紧身上衣底下伸进去，她做了象征性的反抗。一切开始得顺其自然，于跃龙一边吻着她，一边有口无心地哄她说："我已经说过了，我要娶你，我要爱你一生一世，永不相弃永不厌倦，我对你的爱永不厌倦。"

她的脸上露出迷茫而幸福的笑容，只是那种笑容折射的幸福太短暂。她那么用力地抱住于跃龙，以至于让他感到呼吸困难，而江筱月却迷茫而幸福地喘着粗气说："我愿意嫁给你，只是不能。爱是真实的，是刻骨铭心的，但不是永恒不变的，更不是纯洁无私的，我是过来人，我明白这个。在我看来，你只是一个大孩子，顽皮，幽默，有才气。"

她继续笑着说："我怎么能嫁给你呢？"然后她用不无蔑视的口吻说，"我们走在街上，比如去商场买衣服，或者去旅游，人家一定会怀疑我诱拐小男孩呢。"

呵呵！这个女人！有点嚣张！一点也不顾及我身为男人的尊严！于跃龙在心里对自己说。

江筱月自顾自地说完这一大篇话，她自己就情不自禁地咯咯笑起来了，同时还像十四岁的豆蔻少女一样眨着眼睛："看你的样子，简直就是一个海盗！呵呵，你怎么能做学问呢？"

于跃龙狠狠地亲了她一下，故意翻着白眼，模仿着电影中海盗的口气说："我是大名鼎鼎的独眼海盗学者东海神鲛，我来到世界上是专门研究如何让被劫持的摩纳哥公主尽情享受男人带给她的快感。"

她大笑不止，笑得她在他的怀里发颤。"你还是个雏儿呢。"她鄙夷地提醒着他，让于跃龙倍感羞辱。"你什么都不懂！"

于跃龙暗暗决心给她颜色看看，但他确实有一点儿紧张。在有关实质行动上，他的确是个雏儿，毫无经验。虽然，他并不为把自己的处男之身交给一个老情人感到懊恼和沮丧，但是，这种新鲜刺激的艳遇毕竟和别的事情有点不同。比如，买了一本没有价值的书，可以随意扔掉，或付之一炬；被小偷掏了钱包，还可以另买一个更好的。可处子之身与处子情结却是再无第二个的，唯一的唯一。不过，无论如何，于跃龙决定珍惜这个机会。他知道自己很快就要踏上男人的不归路——陷入女人的怀抱里不能自拔，像那个一生不得志的李商隐一样。意识到这点，他不由得有点兴奋，像个狂热的战士。

在某种意义上，我是一个成熟的男性动物！于跃龙告诉自己，我现在就是一个动物。

57

江筱月和于跃龙在年龄上的距离是否认不了的。他皮肤黝黑，但弹性十足，没有岁月留下的皱纹。他声音洪亮有力，显示着它的主人正处于人生的壮年。他的肚子表面满是凹凸不平紧绷绷的腹肌，没有一点中年发福的迹象。

于跃龙一本正经地对江筱月说，眼下美国正流行老女人和小男人的婚姻游戏，因为这其实在生理上最符合人类的要求。

"好了，你闭嘴，坏东西！这可是在中国，古老而文明的中国！"她遗憾地打断了他的话，语气极其粗暴无理，却充满了一种深深的向往与失落。她察觉到了自己的态度，于是从他怀里探出头，小心翼翼地看了他一眼。

于跃龙童年的时候，生活在一个幽静而闭塞的古老山村——他觉得它就是一个封闭的原始社会。每当在山冈上玩的时候，欣赏流星雨是每夜的乐事，当然还有坟地里一簇簇的欢呼跳跃着的鬼火，还有萦绕在身边的萤火虫。此刻他感觉江筱月的眼中也闪过一丝这样的火光，像流星也像鬼火，更像明知扑火即身死却依然如故的萤火虫。

"思想是飘忽不定的。坏东西，你明天就会和别的女人做，因为你是那么强壮那么出众。"

"我发誓我不会。"

"女人老得快啊。"她神情黯淡，伤心地说，"我们要承认事实。

我老了，坏东西，你就会离开我，那时我将死无葬身之地，如同一只可怜的萤火虫儿，明知扑火就会死却依然无悔而勇敢地扑向了那熊熊燃烧的大火……"

于跃龙顿时一惊，天哪，她居然说出自己心里正在想着的东西，难道她真的能透视男人罪恶的内心吗？

"不会的。"她的情绪感染了于跃龙。他的喉头有点儿哽咽，真诚地说。

过了一会儿，她狡黠地笑笑，说："野蛮的家伙，你还没有完成人类进化的历程呢。"

于跃龙不说话，极力压制体内的那股原始的冲动，在肆无忌惮地洋溢着男性的征服欲和力量感。她屏住呼吸，惊讶地盯着它；显然一瞬间她被吓坏了，或许被吸引住了。

"男性之根，人类之本。"他说的时候很自豪，接着，又有点儿惭愧。

"哦！……"她失魂落魄地发出一个低音，就像人类童年时发出的那第一声意义模糊的吃语。哦，这个简单神秘的音节代表什么呢？惊喜激动，还是用平淡的字眼掩藏着内心的厌恶？兴奋，还是麻木？痛苦，还是震惊？他一时抽不出时间弄明白这些东西；可是就这声"哦"，已经够他销魂了。

事后，整个过程只留给了于跃龙一个大体的轮廓，细节已经叫兴奋吞噬。他至今只记得他们都在极度眩晕旋转的半空中重重摔下来，告别绚丽的云彩和蓝天，喘着粗气，浑身流着黏稠的汗水拥抱在一起，回味着奔腾而去的奇妙感觉。

"坏东西，我爱你。你是一个野人。"她说。"你后悔吗？老妖婆把你吃了。"她哧哧笑着问。

他答非所问地应付着，因为他疲倦至极，恨不得马上睡去。但毕竟是年轻，于跃龙并没有真的睡去，不过一会儿工夫，他就有精力说话了，他说他曾经把劳伦斯那段经典的快感描写摘录下来，通过电子邮件发给了她。还说她在第二天早晨早早地打电话来说，看了那邮件之后她失眠了。

江筱月听于跃龙如此调情，立刻娇羞无比地笑了，那么妩媚风骚，让他再次不肯老实了。"哼！你这个坏东西又在引诱我。"她双手用力揉搓着他浓密的头发。"从我们认识的那一刻起，你一直在诱惑我。你要下地狱的，看着吧。我把女儿和丈夫留在家里，出来和你幽会，这简直是道德败坏，也简直是我不敢想象的，真的，我居然能做出这样的事！我以后再也不想见你了。坏东西，你把我变成了一个坏女人，要知道我可是有老公的女人啊！"

58

看着他疲惫的样子，忽然，她冷冷地盯着他的眼睛问："坏东西，你上大学的时候没有爱过一个女生吗？你们新闻系通常是女生的世界呀。"

于跃龙比较讨厌这样的提问，这往往叫他为那段黄金岁月的苍白和混沌未开而懊丧。那时他确实是一个傻小子，成天泡在学校图书馆里，对身边的女孩子视而不见，清高得宛如柳下惠一样，当然这里面也不乏虚伪和做作的成分。

"那时，我忙着考研，我偏执地认为，女人是我成功道路上的绊脚石。"他简单地回答。

"呵呵，这么说你是被狐狸绊倒了呢，还是已经成功了？"她笑着问，左手理理凌乱的头发，露出洁白的牙齿。

于跃龙没有理她，半天才说："我没有成功……这不就让你这个狐狸精绊倒了吗，所以我才没有成功……"

她却不甘心地说："娶我就拉倒吧。你这么年轻，前途无量。"她这时候像一个慈祥的母亲。"坏东西，你听我说，你要好好干，知道吗？"

"我不好好工作会怎么样？好好干又会怎么样？"他像个痞子一样反问她。

"坏东西，看看几点了？"她恼怒地嚷。

"让时间自由飞驰吧，这个下午属于我们。"

"不行！回去晚了，他会怀疑的。再说了，在这之前，我周末总是在家里陪我女儿。"她找出一把木梳子，一面普通的镜子，开始整理她那犹如黑色瀑布一样散乱的长发。

梳着梳着，她开始走神了，她呆呆地想了一会儿，说："我刚才总是在想，我是不是一个坏女人。"

于跃龙不理她的话，只是吻她。

"坏东西，别亲了。"她苦苦地求着他，"你说，我是一个坏女人吗？"

"在我看来不是，你是女神，是圣母玛利亚。"于跃龙停止亲她，像个孩子一样抬起头说。

于是她俯下头吻了于跃龙一下，开心地笑了："只要你不这样想，我就不怕了。我爱你，你这个坏东西。你相信吗？"

"我相信！"

她开始慌张地穿衣服，像一个笨拙的孩子，不是扣子扣错了，就是腿老是伸不进裤腿里去。于跃龙依旧躺在床上，头靠在墙上，看着这个有点疯狂的女人。她一边穿衣服，一边小心翼翼地用眼角看了他一下。于跃龙很想抽支烟，体会一下脑子眩晕的感觉。但他忍住了，因为他告诉过她，说自己不抽烟。

当她最后把外套穿上的时候，虚假的表面就完全遮掩了她刚才疯狂的一面和本性的流露。她的表情开始渐渐自然起来，看上去和这个世界上任何一个贤惠贞洁的少妇没有任何区别。她脸色依旧柔和，就像暴雨过后的湖面一样。她坐下来，用手抚摩着他的肚子，说：“坏东西，快穿衣服吧，我们该走了。”

于跃龙的心一震，是的，该走了。就让这一瞬间成为一个美好的回忆吧。于跃龙不禁感情复杂地一下子抱住了她，发疯似的亲她的嘴。她激情地给他回应。

“好了，别淘气了。”半天，她挣脱了他的拥抱，气喘吁吁地说，“我们还会见面的啊。”

于跃龙抓起掉在地板上的裤子。她从小包里取出口红开始轻轻涂抹她的嘴唇。

59

“你请我吃什么？”她一下子扑进他的怀里，抱住他问。看得出来，这个女人真的有些离不开他了。

“一切听您的吩咐，女神。”于跃龙开玩笑地说，心中流淌的却是苦涩的味道。

“好吧，就吃涮羊肉吧。我属猪，我是一只贪吃的猪，就喜欢吃东西。”说完，她自己又哧哧地笑起来。

这个女人啊，真是一个可爱的女人。于跃龙带着心里这样的感觉，领着她在附近的一家饭店吃了涮羊肉。他觉得味道并不怎么样，但她的胃口却好得出奇。于跃龙于是柔情地对她说：“亲爱的，等明年秋天去我们老家，我请你吃最正宗的沂蒙山山羊肉。”

事实上，于跃龙说自己目前的人生很失败固然不算太准确，却也不是很离谱。他在老家的亲朋好友认为他能在青岛这样的大都市里生活着、工作着，那就等同于过上了幸福并成功的生活，妒忌的火焰中燃烧着廉价的羡慕。

60

于跃龙因为吃不满意羊肉就又点了一道鱼，整个吃饭的过程中，他总是那样的体贴，细心地把鱼刺挑出来，再夹到江筱月的碗里。就这一个细微但主动的小行动，足以让她感动得盈泪。女人是十分感性的动物，总是在乎细节。江筱月当然没有让那盈盈的泪流出来，而是让感动的泪回流到心里，于是她的心也感动得醉了。心醉了的时候，江筱月感觉有点飘忽，他在讲什么，江筱月已经听不进去了，只是感觉全身都在冒冷汗，那是感动的泪在心里盛不下，就又顺着毛细孔向外溢开来。于跃龙觉察出她的异样，用手在江筱月的前额摸了摸，那种感觉让她似乎回到了童年。每次生病了，慈祥的奶奶总是会把她满是起刺老皮和皱褶茧子的手放在她的前额，然后放在她自己的前额，以判断是否发烧。童年的时候，只有奶奶是最爱她的人，可惜在江筱月还不到十六岁的时候，她就离开了人世，当时的江筱月认为这个世界最疼自己的人永远地没有了，江筱月当时痛哭得也是泪若倾盆，好多年后，江筱月还会在某些突然想起奶奶的时刻泪流不止。此时江筱月的眼角不知不觉间就湿润了，但她尽量掩饰，不让他发现自己的眼泪。

那个是江筱月老公的男人在当年追她那会儿也是这样体贴的。但是在江筱月从香港回来后就不再这样了。如果江筱月要求他对自己再这样，他一般有两种回答：

"你有病啊？好好的又发什么神经？！"这种回答会让江筱月的心渐渐离他远去。

75

"你都是孩子妈了，还撒什么娇？"这种回答，让江筱月觉得自己老了，都是孩子妈了，哪能再有孩子似的要求呢？

　　两种回答的结果是一样的，江筱月感受不到老公的爱了，她的心好寂寞。

第六章　从逃避到困惑失落

61

当年于跃龙踌躇满志意气风发地踏上了离乡的山路，在母亲无尽的叮嘱声中，在乡亲们羡慕的眼神中慢慢消失，高中山东大学榜的于跃龙步履矫健，走得飞快，通身散射着年轻人的朝气。外面的世界诱惑着他躁动不安的灵魂。他幻想着鲜花、美酒和漂亮的女孩，也幻想着凭借勤劳和智慧出人头地，一如所有的成年雄性动物一样。这是一个亘古不变的野心。

可眼下呢？母亲的面容稀疏了，家乡的影子模糊了。在这座陌生的城市里，他孑然一人，一事无成，斗志一天天地萎缩，生命的火焰一点点地黯淡。每当深夜来临，他就像干渴的泥鳅一样在他的小床上辗转难眠，于跃龙坚定地感觉到自己就是一只甲虫，渺小得不值得任何一只母甲虫可怜，他瑟缩着爬行在这个世界上，在这个世界上的一座叫他恐怖的城市里，那些遍身铁甲横冲直撞的家伙随时都会把他碾成一滩发臭的汁液，在环卫工人的扫帚下消失殆尽。

从烟台那一夜后回到青岛，于跃龙摆脱那些旅店雇来在码头上招呼客人买旅游图的老女人，艰难地走向海边，城市的喧嚣开始退去，大海沉寂下来，太阳急着回家安歇，稠密的人群稀疏了，只有不知疲倦的海鸟还在轻快地飞。远处的海岛开始被薄薄的初秋的雾搂在她娇酥的怀里，指引航船的灯塔发出微弱的光，像一簇跳跃的鬼火，那些满载着希望和欢笑的巨轮一头扎进海神波塞冬布置的死亡阴影里。

浑浊的海水慢慢平静下来，但于跃龙的心就像漂浮在海面上的一次性饭盒，还在沸腾。于跃龙临回来的时候，还是在那间旅馆里，江筱月双臂紧紧抱着他，仰着脸，用怨妇一样的眼光盯着他，足足有好几分钟，于跃龙很吃惊，顿时一种哀悯的冲动包围了他，于是他不由得说回来以后马上就发短信告诉她——安全到达。"我要发短信吗？给一个游荡在城市里的寂寞女人。"于跃龙问了自己，然后摇头否认了。

62

回到青岛的江筱月并没有人期待着她这样做，但她却马上就给于跃龙发来了短信：

我回来了。安全到达，你放心。知道吗，回来的我非常开心，从未有过的开心，像初恋的少女。

过了没两分钟，江筱月又发来了一条这样的信息：

第一次偷吃禁果的滋味真舒服。但我必须忘掉一切。
人已去，灯还亮，一切难回想。
忍痛犹问："君如何？"
语未答，泪先流，

人生最痛失挚爱。

奈何桥，孟婆汤，此去不回头，

天河相隔两茫茫。

相缠绵，互执手，

往事如梦情已凉。

天下没有不散的宴席，既然天注定的缘分，我们都有福消受了，也就缘尽了，应该知足了。

于跃龙看了几遍后，有些感动，但他却没有给她回复。他来到栈桥西边的小广场，在路过一个小卖部时买了一包哈德门香烟，据说当年鲁迅就吸这个牌子的烟。于跃龙把自己挪到常春藤笼罩下的一个座椅边，把提包一扔，浑身无力地像一把鼻涕瘫坐下去。他太累了，就像睡了一万年也醒不醒似的，浑身松软，睁不开眼睛，连摁打火机的力量都没有了。

终于点着了香烟。浓浓的烟雾中，遥远的天边，满是奇形怪状的云霞，湛蓝湛蓝的一片，绯红绯红的一片……多么美妙的一幅画，可是唤不起于跃龙欣赏大自然的心情。他整个身子和灵魂就像在宇宙中飞舞。他闭上邪恶的小眼睛。很远很远的天际，他首先看到了母亲的样子。母亲正飞快地走在田间，手里握着镰刀，汗水一滴一滴摔在干裂的道路上，她总是走得很快，就像踩着风火轮一样，她干什么活都很快，就连拿着棍子发疯似的打童年的于跃龙的时候，频率都快得出奇，让淘气的他几乎无法躲避。

63

这时，于跃龙的手机又响了，但他不想接。他想，这一切都应该结束了。这本身就是一出荒诞的现代剧，是现代人荒诞的头脑中无意识的产物。它的名字就叫一夜情。一夜情只是一出荒诞剧的名字，并没有什么特殊的意义。通过电磁波，越过漆黑的夜空，两颗寂寞的心曾经幻想过很多。但仅仅是幻想，黑暗中想象的明灯，是注定见不了阳光的。

最可笑的是，一次于跃龙在电话里玩笑着提议江筱月离婚，说一定要娶她。她居然相信了，还沉浸在幻想着自己再做一次新娘的幸福中。她还热烈地提议，若干年后要和于跃龙一起回到养育他的小山村里，去过那种男耕女织的田园生活。但是，陷入想象中的女人很快就清醒了，她问："我可爱的女儿怎么办呢？她是一个小天使，我不能没有她，我就是吃再多的苦，也要让她到能够独立生活以后再离开她，这是我作为一个母亲的责任。不过呢，到那个时候我就真老了。唉，我真的感觉太矛盾、太痛苦，我是母亲，可我也是我，是我自己！可是，我自己在哪里呢？"

对这种伟大的母爱，于跃龙感到高兴。叫一个小天使失去伟大的母亲，是一件残忍的事。于跃龙立刻就感觉到一阵轻松。可是，叫一个女人的生活消耗在无穷无尽的哀怨和寂寞之中，不也是一件残忍的事吗？于跃龙马上就又感觉到一阵沉重。

"人有悲欢离合，月有阴晴圆缺，此事古难全。再说了，你还有光明的前程，要是娶了我，就毁了，当然我也毁了，我还怎么为人师表？我不能这么自私。我绝对不能这么做，请你原谅我。"电话那边的江筱月继续自作多情地说。

"我注定是不会飞黄腾达的，我的前途在哪儿？我自己也不知道。"于跃龙在电话这端懒懒地说。

"你是男人，你还有父母姐姐，你也不能太自私了。"

这戳中了于跃龙的要害。是的，男人是要负责任的，与生俱来的责任。

铃声不间断地响，于跃龙充耳不闻。

64

责任，我的责任！一想到这个字眼，于跃龙玩世不恭的心怎么也无法活跃起来。这个未泯的良知，对于跃龙来说意味着什么，他一时也分辨不清。他只知道自己实在太穷了，在这繁华的城市里，他可以说一文不名。永恒不变的"马太效应"，加上市场经济这个酵母，开始在神州大地上膨胀起来，弥漫开来。尤其当整个城市成为一个神圣的祭坛，在这个祭坛上，钱物成为唯一被群氓崇拜的，人们为了物而将自己毫无保留地献给了这个祭坛——只有那些丰盛的祭品才会得到爱情女神的垂青。而那些蔑视金钱的姑娘，于跃龙一个也没碰上，他归结于自己运气不好，幸运之神把自己从他的花名册上删去了；当然或许这个世界上根本上就没有这样的姑娘，他在怨天尤人的时候马上就想到了这一点。

曾经年轻的于跃龙对男女之间的事虽然知道，但所知有限，所以总是不好意思地低下头去，脸涨得通红发热。尽管于跃龙那时就像发情的公牛一样，膨胀的阳物在幻想的宇宙中肆意妄为，但是他觉得自己有责任保留自己的高尚情操，而这份高尚的情操是保持记者这个职业社会责任感的基础。

刚刚离开大学校园，于跃龙野心勃勃地打算成为一个"名记"，他一向自我感觉不错，他觉得他的能力被社会遗弃了，是这个时代的一个不大不小的损失。其实，用于跃龙的一个好朋友的话说，尽管语言有点尖酸。

"你要不是每天还能糊弄出一版报纸来愚弄那些无知的读者，在这个攫取财富的人间地狱里，你基本是一个废物。"他这样说于跃龙，"你那些宏伟的理想，你那追逐人生价值的愚蠢想法，在女人看来都是梦一样的华美，却永远是梦，没有哪个傻女人会去和你一起做这样的梦。于跃龙，我告诉你，"他神情无比悲哀地对于跃龙说，一边吐出浓浓的烟雾。此人那时候正因为老婆的贪婪之心而愁眉不展，感慨连连，"女人都是浪漫的动物，同时也是极其容易被物化的动物，女人的贪婪是没有止境的。一句话，生活就是一碗菠菜汤。"他学着那个东北老汉的语气说了这句话后，还说，"于跃龙，你要是有一个有钱的爸爸或者爷爷，你就可以过上你喜欢的好日子了——读读浪漫小说，到人迹罕至的荒郊野外欣赏一下远古时代的风范，写写风花雪月什么的，可惜你没有，所以你得奋斗，你必须这样做，因为你有责任。"

于跃龙当时自己想了想，确实如此。很多一起毕业的同学，有的买了汽车，有的走上了领导岗位，有的自己做了老板，只有他还是老样子，尽管他已经转遍了大半个中国，加盟过大大小小的十几家媒体。于跃龙知道，这不是他的错。每当一些真正的新闻，真正为读者所关心的新闻就要胎体初成的时候，喉舌的把关人就会及时地来电，把可怜的婴儿扼杀在腹中。于跃龙已经尽力了，可还是默默无闻。这样的男人，在女孩内心务实的一面看来，毫无疑问，是一只地地道道的垃圾股。"感谢网络，伟大的发明。它掩盖了于跃龙的贫穷和寒微，无能和无奈，屏蔽了于跃龙肮脏的内心、焦虑的内心。通过一张看不见的网，我于跃龙捞到了一条鱼。那个姓江的网名叫红杏枝头春意闹的女人确实像一条鱼，一条轻易就上了钩的鱼。"于跃龙努力地回想了一会儿他们刚才肌肤相亲的温馨场面。

铃声还在继续。这个疯狂的女人，一定着急了，以为我出了事。难道她真的爱上了我？尽管于跃龙不期望出现这样的后果，但他却还是有一丝自豪，因为除了母亲之外，终于有一个女人把自己放在心上了。这个女人，一个不幸的女人，还是一个可爱的女人、自然的女人、寂寞的女人，夺去了我于跃龙唯一的一次童贞的女人。

坦率地说，于跃龙在网上不止江筱月一个异性网友。当然，只是普通网友而已。

65

而江筱月在与情人相处后，好些日子里，她感觉仿佛天更加蓝了，空气更加好了，当年的那种天天天蓝、日日日暖的日子又回来了，每每想起他，江筱月就会在熙来攘往的街角，情不自禁地微笑。江筱月突然惊觉：我好像在恋爱中一样！但是，在跟他再聊天时，他却默守着什么，最多只是跟江筱月说：想你，喜欢你。那个爱字他却不肯再说出口了。

66

当时，在那个一夜情发生的第二天，秋色温柔让此时的天气好舒爽，再加上阳光灿烂，于跃龙感觉身体和心灵都很舒服爽快。快到工作时间了。于跃龙打开电脑，QQ弹出，江筱月那瘦削的图像急不可耐地闪烁着。她已经给他留了几十条言，责怪和爱怜交织而来。其中有一条留言肆无忌惮地表明了这个女人内心的骚乱：

我是坏女人吗？我到底是不是坏女人？我不知道，坏东西，你告诉我！我无法面对女儿的眼睛，我感觉自己不配再做她的妈妈了！你知道吗？她很喜欢和我在一起，虽然她从小就是她奶奶带大的，而我除了周末有时间外，平时没有工夫带她，今天我为了能与你幽会，好说歹说才让她答应留在了奶奶家中。不知道为什么，我总感觉她奶奶带她我特别放心，哪怕我就是死了，我也不担心她会受到委屈，因为她有奶奶。小的时候，我奶奶就是疼我胜过亲生父母的，当然我的母亲在生下我之后就死了，我不知道母亲会如何待我，但我的父亲对我只有经济上的义务，从没有感情上的付出，而我的老公杨伟对待女儿是没的说，在这方面他绝对是个好父亲，虽然他不是个好丈夫。晚上我把女儿从她奶奶家接到我们自己家，她居然发觉了什么似的追问我做什么去了，我撒谎说妈妈有事，到烟台开会去了。我觉得她根本不相信，因为当时我无法掩饰自己的窘态！我心里难受极了。现在的孩子成熟得太早了，早得你简直不能想象。

还有一条是这样的：

坏东西，你是真正的男人了，我使你成为男人。我觉得很幸福，你会永远爱我吗？我不奢望占据你的心，我只渴望你能在你的心之一角保留着我的影子——一个坏女人的影子，歪歪斜斜的影子。

看看，我的预感应验了，这个女人，不，这个女妖动了真情。她会吃了我的。那一刻，我真希望她吃了我，连同我的责任一起吞了，消化了。于跃龙不无自豪地对自己说。

67

于跃龙想看看这个女人还有什么疯狂的呓语。但是，领导叫他去开会。又是开会，于跃龙讨厌开会，尤其是报社临时召开的业务会。会议在领导一人全权把握下结束了，各位编辑一般没有什么意见，你看看我，我看看你，会议气氛很是沉闷，就像有什么不幸的事情要发生似的；领导虽然欢迎大家说说自己的想法，但是大家都懒得思考。

"好吧，既然大家都没有什么要说的，会议就结束吧，记住啊，政治上一定要把关。"领导说。

"二姑娘"是于跃龙的一个男同事的绰号，因为他排行老二，而且文静得和姑娘一样，又喜欢打扮，买衣服就像女孩子一样挑来拣去的。会议结束后，他摇摇晃晃地来到于跃龙身边，坏笑着问他："你昨天干什么去了？"

"出去玩了。"于跃龙没抬头，含糊着回答。

"嘿嘿，我知道你干什么去了，很销魂，是不是？"

"你怎么知道的？！"于跃龙无法掩饰自己的极度吃惊，一着急，就这样掉入"二姑娘"老到的圈套，让人家成功地套出了他想知道的话。

"你小子，堕落了。"他用一种带着怜悯的口吻说，然后就走了。

68

堕落了，我知道我堕落了。于跃龙在心里说，可是，堕落不好吗？我人生大树的年轮都扩展了二十七圈，昨天我才完成了一个男人的成年仪式。当我怀着那些高尚得和纯净水一样的人生理想时，哪个女孩同情过我那野兽一样饥渴的心？我本一俗人，农民出身，父母的文化都不高，成天为生计奔波，我从小就没有受过贵族式的约束和教育。于跃龙先是这样想。可我还是十年前的我吗？我不是！我从闭塞的山里走出来了。十年寒窗！我的青春就这样消磨掉了。我受过高等教育。我崇拜过尼采、叔本华和康德，我阅读现代主义和后现代主义的小说、戏剧，我倾心华尔华兹的十四行诗，我为普希金的诗歌流过眼泪……无论如何，我不再是那个山村里什么都不知道的自然人了。我发生了可怕的变化！我把那条走出大山的羊肠小道留在了身后。我进入了一个新的世界。许多陌生的人给了我新的生活方式和人生理念！但是，天知道我其实一刻也没有忘记过家乡，可是我还要回去吗？并且现在的问题是，我还能回去吗？

69

于跃龙坐在海边休息的时候，他决心忘记以前的一切，我不要堕落，我要工作，我要成就！他在心里大声呐喊着，但是和江筱月亲热的一幕幕老是不自觉地浮现在他的脑子里，像酒精一样叫他兴奋莫名。

70

工作结束后，于跃龙打开邮箱。正如他预料的一样，江筱月又给他发了一封长长的信。当然江筱月是用"红杏枝头春意闹"的网名发来的。

打开江筱月的信，看了以后，他想笑，写得太多了，并且都是女人式的唠叨：

晚上老公突然变得柔情起来，要知道他从我回青岛的第十二天起就不肯再主动与我亲热了，而在这十二天里他也只是应付公事一样来主动和我亲热，以示他尽了做丈夫的责任。但今天反常得很，他突然搂着我亲我，要知道这如果在今天的事发生以前，我会多么高兴，我会以为我们的爱情重新回来了，可是现在我却本能地有种想要呕吐的感觉。当然我表面上装得跟以前一样，但我的心里却在喊"救我，快来救我，我不愿再让别的男人碰我"。你看，在我的心里，老公已经变成别的男人了。后来我还是找了个借口和老公分开睡了。但是我老公有所觉察了，第二天早上他看我的眼神很不对劲。而我这一夜也被自己折磨得不成样子。我觉得自己是个坏女人，水性杨花，同时伤害了两个男人，甚至我想自杀，以求终结这种可怕的折磨。

网上情缘，引发少年狂。三五诗句，几许牵怀，惹来泪如雨，竟然从此失常。

　　我是我老公的老婆，我孩子的妈妈，可我却在网上被另一个男人缠绕着，从陷入的那天起，我的心就被撕成了几缕。时而在现实中牵挂着身边的人，时而在内心深处牵挂着不在身边的人。但那时的我乐此不疲。人在恋爱中，心情是跟着感觉走的。有时会因为某句话而莫名其妙地捧腹大笑，有时又会为了某句话而潸然泪下。幸福的时候觉得整个世界的快乐都属于自己，看什么都是喜悦；痛苦的时候，觉得自己比世界上最不幸的人还要不幸些，看什么都如云烟。这一切都只是因为在网上有了一个缠绕我心的男人，我的日子从此如云般多姿多彩，我的情感从此如波涛一样汹涌。

　　尽情地在虚拟的世界中抒发自己的细腻，挥洒着自己的多愁善感。相知相惜，生出多少的神往。总想看看对方，总想把自己的美丽展开在他的面前。但是只是想想而已。真正要迈出这一步，另组一个家庭，对一个有家室尤其是受过最高等教育并且从事着体面高尚工作的女人来说，还是非常艰难的。我深深知道背叛丈夫意味着寂寞的结束，但同时也意味着平静的结束，紧接着而来的将是黎明前的黑暗。

　　横跨网络和电话线的距离，不可能把爱织成日子，我还得回到现实中。憧憬而又迟疑，这便是我在和你见面前的心境。从网络到现实，谁都无法预料事情的结局。是更加美丽，还是如昙花一现便随即消失？无论哪种结局，对于一个情感型的人来讲，都无疑是判了死罪。前者将惹来更多的相思，后者会使人心碎。何况回到现实，还要面对那个同床共枕的男人呢？我是一个凡人，一个敏感且伤感又有着严重抑郁症的凡人，所以我更是无法做到真正的洒脱。

　　你是不是觉得我不爱你？其实我爱你之心，天地可鉴。你每天里的一点点事情就足以让我牵肠挂肚。我有自己心灵难以迈过的门槛，我暂时无法跨越这二十多年来在思想上筑起的道德之墙。我无法给你一个肯定的回答，尽管你是多么希望我嫁给你。我缺乏把握情感的能力，我也缺乏收拾残局的能力。我是个懦弱的女人，一个有着博士学位的弱女子。

情感是自然的，结合却是姻缘天定。我可能不会为了网络情缘而抛夫弃子与你结合，原谅我吧，可你知道吗，我的心痛得流血流泪……现在的我，实在无法真正地清醒。也许我是在玩火，但我也宁愿最后把自己烧得遍体鳞伤。我就是这样一个遇到感情就爱钻牛角尖的人。可气可恨却又无奈。

……

71

江筱月给于跃龙写了长信后，就甜蜜而焦急地盼着他的回信，自然她是失望的。一连数日都没有一点来自于跃龙的消息和问候，江筱月感到一种失落，一种强烈的失落和矛盾，她甚至有点恨于跃龙，但当她想兴师问罪的时候，他却在电话那端为自己找了一个最让人理解、让人同情的借口，让江筱月的一腔怒火再次化为牵肠的柔情。

于是江筱月带着自己的矛盾和失落的心情，还有一份牵肠的柔情，又到情感论坛上发帖子，当然不是开新帖，而是续以前的那个帖子，结果这次让她太吃惊，她得到了太多的回应，而不是如江筱月的那个他一样就是不回应。这里有太多的回应，虽然这种回应有时候是毫不留情面的指责，甚至痛骂，可是更多的还是善意的规劝和理性的分析。

72

江筱月在帖子里说：

情人和丈夫让我好痛苦，我徘徊在丈夫和情人中间，痛不堪情不堪！我最近经常长夜失眠，然后流泪到天明。

马上就出现一个跟帖对她说：

清醒吧，除非你想遍体鳞伤！！！

还有人跟帖感慨说：

困惑着的人怎么这么多？坚持唯一的感情真的那么难吗？不管爱的是谁，我以为只能是唯一的。正确选择一个值得爱的人来爱，爱一生一世。真的很羡慕那种青梅竹马的感情，一直相伴到老。也因而很是喜欢那首歌：我能想到最浪漫的事／就是和你一起慢慢变老／一路上收藏点点滴滴的欢笑／留到以后坐着摇椅慢慢聊／我能想到最浪漫的事／就是和你一起慢慢变老／直到我们老得哪儿也去不了／你还依然把我当成手心里的宝……

73

一个叫"彩云边上笑看尘缘梦醒"的人回复说：

郎骑竹马来，绕床弄青梅。同居长千里，两小无嫌猜。这是童话！不要要求太多，如果你喜欢他就不要在意他是不是真心喜欢你，付出的感情是收不回的。爱是不需要回报的，我欣赏那句话："我爱你，跟你无关！"

还有一个叫"寂寞都市心"的人回复说：

想起一句话："没有人值得你掉眼泪，因为真正值得你为他掉眼泪的那个人是不会让你哭的！"幸福、婚姻和爱情这三者之间不是某种统一体了，以前一直认为有爱情的婚姻才是幸福的，但现实中却不一定哦。

一个叫"比烟花落寞的我"的人回复说：

为你心痛，同是女性，我们有着相似的经历，嫁的不是最爱自己的，而自己最爱的和最爱自己的，却在回首时，已无缘再牵手。唉，世事如此，得之我幸，不得我命！看开点吧。

"彩云边上笑看尘缘梦醒"又回复说：

生命是一袭华美的袍，只是上面爬满了虱子。

一个叫"睡在你掌心的猫"的人回复说：

喵，猫咪忽然觉得恐惧了，深深地恐惧，为现代人的婚姻道德和情感危机。喵喵，现代都市人的婚姻和情感是怎么啦？

一个叫"海风很硬"的人回帖说：

爱得如此地孤寂，让我想起不记得是在哪部电影里看到的一句话："爱情是一个人的事。"

74

这个帖子于跃龙也看见了，他并不知道这是江筱月发的，虽然她用了一个和江筱月相同的网名，甚至经历也那样相近；更不知道那个代号他的就是说的于跃龙本人，因为这种故事在都市里太多，要不然也不会这么一个普通的帖子就引来那么多的回复和关注。其实就是于跃龙知道那是江筱月发的帖子，他也不会回复的，他连信都懒得给她写，何况是回帖子。现在他连帖也懒得看了，不想看了，因为这时，于跃龙的另一个女网友上线了。

75

现在的于跃龙有点厌恶网络了，所以好几天都不上新浪聊天室了，也很少打开QQ，他想平静一下。他觉得应该写一点东西，他不想等到老了的那一天，却发现自己什么收获都没有。可是，等他一天下午坐下去真想写点什么的时候，却发现无从下手。绞尽脑汁，努力思索，最后却一个字也没有写出来。这或许验证了他那位朋友的话："你整个是一废物，一个在城市里踽踽行走的废物。"

76

这时，江筱月给于跃龙发来一条短信。好几天没有联系了。她告诉于跃龙，她老公要出差，要在外地待几天。所以至少有三天时间他们可以住在一起，她要做于跃龙三天的妻子。从语气来看，她很兴奋。她还说，她给于跃龙买了一件礼物。她还希望他也能送她一件礼物。

做我三天的妻子，这个顽皮的女人居然想出了这么个主意。这个主意不错！于跃龙对于试验一下做丈夫的责任和义务，尤其是在床上尽一个丈夫的责任和义务是很有兴趣的，因此他马上就给江筱月回了电话。

可是在说好的日子来到了并在说好的地点等她的时候，于跃龙却怀着矛盾的心情站在人群中，就像等待判决的罪犯一样，面无生机。他和周围人群的喜悦情景形成鲜明对比。有一刻，一个罪恶的念头在他脑子中膨胀开来：但愿江筱月乘坐的车发生事故，永远到不了它的终点。但江筱月还是开着丈夫单位配给他的专用黄色富康小轿车准时到达了。

在这儿之前，于跃龙试着照江筱月提供的单位电话打过去，结果让他太吃惊了，原来她真的是一个博士，而且即将成为教授。

77

又一次见了面，两个人因为上次的疯狂，这次一点拘束也没有，而他说出的话让自己都很吃惊："我只喜欢你这样的成熟女人，我对那些青春少女没兴趣，在我眼里，她们什么都不懂，整个就一小女孩！"江筱月被这话哄得笑容灿烂如一个初恋的少女。

78

平和下来的那一刻，于跃龙简直不能原谅自己灵魂的肮脏和麻木。我还是一个自诩具有现代意识的青年吗？难道城市的罪恶如此之大，把我这个在农村生活了十几年的青年同化得一点原来的影子也没有了？我对不起生我养我的那片古老的土地，我背叛了大山大河！于跃龙甚至想剁掉自己的一截小手指头，以示警醒。可是他的行动却与内心截然相反，他跟着这个三天的妻子在她的家里做饭吃饭过夜，就如真正的夫妻一样。

79

"每次回家就像走进牢房一样，每天下班后我都一个人骑着单车在街上溜达。但你必须走进去，因为那儿是你法律意义上的家！坏东西，你永远不会明白一个痛苦女人的心的！一个对生活没有了希望的女人，一个渴望爱却整天被无边的寂寞包围的女人，一个在没有了爱自己的老公的家的女人，一个做了妈妈却没有很好地尽一个母亲的责任、常常深深自责的女人。"

于跃龙无言。他不知道是什么触动了江筱月的心，引发了她这么多的感慨，以致语无伦次。但他断定，这个女人一定对她目前的家庭生活厌恶透了，却无法抽身而出。这种无法弥补的过失，对她来说真是太残酷了。尽管过去了几百年，现代都市里的安娜·卡列尼娜还是无法在孩子和情人之间做出抉择！"我真想跳进大海里，变成一条鱼儿，那多自由自在，没有烦恼……"

于跃龙坏笑着说："你要变的这条鱼一定是美人鱼，亲爱的，你变成鱼游走了，扔下一个爱你的傻小子可怎么办呢？"于跃龙说到这儿，变得可怜兮兮的，表情再次真诚极了。

"那你就变成渔夫啊，笨蛋，我专往你的网里钻。"

"要是还有一个贪婪的老女人呢？问你要洗衣盆，要房子，要王冠，还要海上的霸权……"

"呵呵，不会有的，要我也不给。"

于跃龙和江筱月并肩坐在杨伟家的沙发上。

80

她把头靠在他肩上。那张沙发真大真舒服，而能躺在一个疼自己、爱自己的男人怀里的江筱月此刻对家里的这张沙发非常满意。

"你想知道我在想什么吗？"

"想什么呀？告诉我吧。"于跃龙让自己的口气尽量温柔地问。其实，他隐约知道她的心事。

"我几天来一直在考虑一件事，总是拿不定主意。"

"你们女人优柔寡断。正是这个坏毛病加深了你们的苦难。"于跃龙故意把话说得空空泛泛。

"不是优柔寡断，你不知道女人的难处。"

"什么难处？不就是孩子的问题吗？孩子终究会离开你的。"于跃龙再次故意说得真像那么回事似的。

"我那天和他商量离婚的事了，我说孩子归我。他不同意，态度很坚决。"

"哦。"于跃龙的脸色不由自主地一寒，寒得江筱月一下子心都成冰了。

"我想离婚以后一个人带孩子过。你不要害怕，我不会纠缠你的。现在单身母亲很多。没有你们男人，我们一样过得很好。你们男人没有几个说话算数的。就算你真的要娶我，也是不可能的，你母亲不会同意的。就算你母亲同意，我也未必会嫁给你的。"江筱月说得毅然决然，脸色也是冷冰冰的。

"唉！"于跃龙一声长叹，"是的，亲爱的，我母亲是不会同意的，她的偏见很重，一如我们家乡的山水还是那么清秀，传统的观点也是那么顽固，这一切都没办法改变。"

这话果然有效地缓解了江筱月脸上的寒意，她感觉到一丝欣慰："我能做你三天妻子就是很好的缘分了。我看得出来，你是一个很不错的男人。一个男人可以没有钱，但不能没有爱心和情调。"

于跃龙听了，一个劲儿地点头，可他在心里说，是的，这样的男人就是平庸，而现在的我，已经平庸得不能再平庸了。成天无事可做，就是和朋友打牌。

　　"不说了，这些都会消失的，只要我死了，化成一把灰，一切都消失了，不是吗？"江筱月说这话的时候，一直在微笑，不过笑得有点让人感觉可怕。

　　"不是的，你不会消失的，你会永远留在我心里的，亲爱的。"

　　"你说，真的还有另一个世界吗？要是有的话，坏东西，我一定在那个世界里找到你，嫁给你，要是找不到你，我就一直等你。"

　　"我不知道。等我们都死了，不就知道了吗？"

　　"可我们还要等那么久呢。我不想等，我想马上知道。"她像一个小姑娘一样没有耐心。

　　"等吧，大家都在等，其实日子过得很快的。"

81

　　"那你亲亲我吧。"江筱月用祈求的眼光看着于跃龙，于跃龙不忍心拒绝，就努力亲了她一会儿。江筱月最怕这种亲热过后的冷落，在杨伟成为她丈夫以后，她从他那里领教了太多。江筱月在于跃龙吻够了以后，又说，"那你晚上还得抱着我睡觉，坏东西。现在你睡一觉吧，刚才耗费了那么多的精力。"她也坏笑了一下。"我得去把头发拉直了，再去做做面膜。"江筱月边说边起身拿手提包，要出门去。

　　"没必要，这样挺好啊。"

　　"怎么没必要？女人老得快啊，不注意保养不行，你就等着瞧吧，一会儿我回来，我的脸色会好看多了，真的，做做美容气色会好的，我可不想在这三天里给你一个黄脸婆的妻子。"

于跃龙有些感动，他捧着江筱月的脸说："不要总是说自己老，你不老，你的脸还像花儿一样，我们家乡的田园风光不错，有很多的花儿，每一种花儿都是那么美丽。"

"是啊，我就盼望能够回到一个安静僻远的田园世界里去，满院子栽满菊花，我最喜欢菊花。"

"我也喜欢种花，如果有来生，我一定叫你成为一个地主婆，给你植兰树菊兮，各一百亩，朝持木兰，晚把秋菊，逍遥兮悠哉。"

"呵呵，太好了，落花人独立，微雨燕双飞，好美的意境啊，不许食言啊。不过呢，你们男人都是伪君子、负心汉，说过的话很快就忘记了。"

"我是一个例外，虽然'人独立'，但是我会偶尔荷锄而立，'悠然见美人'而为之永生永世坚贞不渝啊。"

"你如果荷锄下田，那一定是'草盛豆苗稀'了，这样一来田园生活就成梦想了，就怕下一步你还得为五斗米而折腰了。"

"我们可以修炼，餐风饮露，御风而行。"

"做梦去吧。我们都是生活在现实中的人，你有潜力和才华，不要白白浪费了。你一定会出人头地，发达起来的。"

"好的，就怕没有人欣赏我这个英雄的美啊。"于跃龙说到这儿本能地叹息了一下，马上他又自我解嘲地说，"美？英雄？哼，我的灵魂已经肮脏了，我已经不配再去亲吻古典美女神的裙角了。"

"那你可以亲我，坏东西，我不会嫌弃你的。"

正在这时，突然从窗外传来了一段拉长声调因而变得凄厉哀怨的充满了古典美的歌声，然后这歌声就在于跃龙黑暗的灵魂中荡漾开来，飘散而去，叫于跃龙在感到有点神圣的同时，也激起一种矛盾的心情——世界不是那么美好，但也有值得留恋的东西。他有一种感觉，感觉这种歌声一定会随着波浪的震动而传遍整个宇宙，同时因其悲剧般壮美的力量，每被后人唱响一次，便一定会唤起无数个不幸女人的共鸣。大洋彼岸的斯佳丽小姐，一定也会在南方那广袤的田野上哀哀落泪，当英俊富裕的船长把花瓶摔碎以后，她热爱生命追求爱情的心也一定碎了。

"坏东西，你在想什么呢？给我讲讲你的心境吧。"

"心境？"他尴尬地一笑，这个女人——不，他三天的妻子，太天真了，如果他心里的真实可以展现给她的话，那么她的心一定比花瓶碎得还厉害。

82

于跃龙回到他住的地方时，已经是深夜。白天像没头苍蝇一样疯狂乱转的人群都消失了，那些丑陋的钢铁甲虫也不再神气十足，现在都趴在路边休息了。由于喝了点酒，他的血液流淌得有点快，多亏秋风吹拂着他发热的脸，以至于头脑比较冷静清醒，但于跃龙还是在一个拐角的阴影中，抱着他的情人，使劲地亲了她一会儿。今天是他们三天夫妻生活结束的日子，人毕竟是感情动物，于跃龙发觉自己对这个女人很有些不舍了，于是应她的要求把她带到了自己的住处。

"看看你们住的地方，简直和猪窝一样，什么味儿呀？天哪，毛巾被掉在地上，臭鞋到处扔，易拉罐当烟灰缸。"一走进于跃龙的房间，江筱月就赶紧捂住鼻子，大声尖叫起来。"什么女人嫁给你，都一定会受不了你的，你这个坏东西，邋遢鬼。"

"但我的心灵纯洁干净，就像琥珀一样，埋在几万米的海底深处。"于跃龙超然而无心地说。

"你的心灵纯洁干净？你引诱了一个有夫之妇，坏东西，知道吗？"

"等等！等等！引诱有夫之妇就不纯洁不干净了吗？在天堂的律条

里有这样的规定吗？没有。上帝教导我们要爱人，他让彼此相爱的人生活在一起，却没有叫我们勉强维持没有意义的婚姻。我研读过《圣经》，别看你是博士，在这方面我知道得比你清楚，所以你不要反驳我，让我们飞翔吧。"

三天的疯狂显然还没有让他们两个人完全尽兴，一番云雨过后，江筱月突然抽泣起来，"要是能永远做你的妻子多好啊，坏东西。"

于跃龙不禁心一酸，嗓子哽咽，这次他的脸色没有发寒。

"……你真的爱我吗？"江筱月哭泣着问。

"我真的爱你。"

"不许骗我啊，小男孩。"她亲了他一下说。

"好的，亲爱的。"于跃龙艰难而沉重地点点头。

83

终了他还是一个诚实的男人。接下来江筱月与他的谈话还在继续，江筱月为了把话题控制在激情之外，曾经试着站到外面继续他们的谈话。

江筱月试图把这份感情拉回到最初的纯美，就仿佛两个人静静地坐下来喝茶一般。可是江筱月知道这已经不可能了。最终江筱月认真地问过他："你现在爱的，是不是只是我的身体？"

激情消退后的他肯定地回答："是的。"

江筱月终于知道，男人所谓的爱的本质原来如此，仅仅是身体而已。他希望征服女人，来证明他是一个"真正的男人"。男人不过是雄性动物，他的性里可以没有爱，而女人却不能。

多日来的点点滴滴都记忆清晰，原本的一份情感到了后来，竟然只剩下赤裸裸的性欲。江筱月不否认性爱是美好的，应该是生活的一部分。可是如果只有性而不再有爱的话，就再也没有了一丝美好。果然在江筱月离开于跃龙的住处后，他一直没有主动和江筱月联系过，尽管他发疯一样地想念着、渴望着江筱月的身体。

这种冷落让江筱月伤心，伤心中她感觉更寂寞了，于是去和年长她一轮的要好得如同亲姐姐似的高姐真心倾诉。这样的真心倾诉让江筱月感觉好轻松，尽管她知道这同时也是很危险的，有被出卖的危险，可是她太寂寞了，她真的顾不上这一切的顾虑了。

高姐在听了全部的经过后，对江筱月讲："就姑且当作是美好的吧。"

可是江筱月是那么清楚，现在的一切都已经不一样了，不知不觉中已经完全变质。这是她的直觉告诉她的。

高姐继续问江筱月："你知道为什么会这样吗？"高姐问完之后又立即给了江筱月答案，"因为他想得到的都得到了，而他并不想负责任。说得更直白一点，他可能觉得你有缠住不放的想法。于是，一切都不美好了。"

高姐接下来告诉江筱月："如果你是一个聪明的女子，就放下这一切，就当它是美好的，然后让自己快乐地生活。"江筱月听了没说什么，心里却在想，我可以放下这一切，至于美好与否，就算了吧。然后江筱月默默地在心中作了如下安排，把在见他第二面之前的一切都当作是美好的，并且那个于跃龙才是原来的他。而后来的一切，只当成游戏。

高姐又发感叹："为什么要看明白一个人？多笨啊。"

的确如此，看不明白的时候非要扒开看看，可扒开看了看之后才知道不如不看。这又是谁的悲哀？江筱月同样默默不语，心里却在想。

第七章　从感情游戏到真心投入

84

在妻子回国以前，自从激情过后，杨伟每天至少要给小青打两个电话，每天晚上也都要到小青所在的那个酒吧看看她。杨伟原本逢场作戏的心情变了，他变得很担心很喜欢吃醋，生怕那些粗鲁的男子说脏话，甚至动手动脚占小青的便宜。此时杨伟就恨自己太不像个男人，尽管已经做到了小部门的负责人，却仍没有能力给小青安排一份体面的好工作，还得让她干这种伺候男人的活。

杨伟对小青的工作问题不是没有考虑过，他跟小青说过，想让小青开一家美发店。可是，她却让他先离婚，因为按照法律上夫妻共同财产平分的规定，那样杨伟就可以有一百多万元到手。杨伟不愧是读了研究生的，他一毕业就赶上青岛房价上涨的时候，当时不过三五千元一平方米，青岛当地没见过世面的小市民们就纷纷嚷着房价太高了，而杨伟却不惜血本，把自己父母和江筱月收入颇丰的父亲手里全部的钱，都弄了来买楼房，买了一套又一套，地点都不错，后来杨伟甚至向朋友、向银行借贷买房。果然不过两年左右，杨伟的眼光就被充分肯定了，他的那些地点不错的房子已经升值到了每平方米一万五六千元了，这下子杨伟可是赚大了，这时那些以前嚷着房价太贵的小市民可傻眼了，除了不断地眼馋和赞叹"杨伟们"的眼光，就也只好对那些高价楼房望洋兴叹。

照杨伟现在对自己的感情和依恋，小青完全有把握杨伟的钱就是她的钱，所以她当时说得美滋滋的，还与杨伟一起构思规划着美好的未来。

小青说："咱们到那时候先拿个两百来万去买一套高档的大户型楼房，要有两个卫生间的，装修也不能马虎了，再买一张漂亮的大床，全套的西式风格家具，一套真皮沙发。还有，液晶彩电要最好品牌的，冰箱要无霜的，VCD之类的可买可不买……"

杨伟打断了她："不用买呀，我手头还有几套房子没处理呢，你看好哪一套，咱们住一套就是了。"说到这儿他又皱紧眉头，"不行，还是得买新的，那些房子她都知道在哪儿呀，而且她也有钥匙，她要是找到了，不把你撕碎才怪呢。"看小青一脸吓得变了颜色的可怜相，杨伟不禁又心疼起来，于是他忙转移了话题，"那厨房里的东西呢，你想好都得买些什么了吗？"

"锅碗瓢盆是必备的。"

"那被子买不买？"

小青咻咻地笑着说："不买？冻死你呀！"

杨伟哈哈地笑了："你舍得冻死我啊？"

小青也笑着戳了他的额头一下："傻瓜！"

"那剩余的钱呢？"

"开店呀！我们拿十几万块钱开一个美发店，要租两个铺面，一定要装饰得漂漂亮亮，超过一般的美发店。而且要请一个技术好的理发师，我想，一年之内一定可以捞回本钱来！"

"很好。等我拿到那笔钱，就照你的意思办。不过，小青，你就是要买房子要开店，我其实也不必离婚呀，我办得到。"

小青马上就不同意了："那可不行，离不离婚是个原则性的问题。"

"好好好，就照你说的办。"杨伟好不容易才算把小青哄住了。

85

两人说好后，杨伟开始向朋友和熟人打听哪里有房子，他是想租而不是想买；并且留意那些贴在墙壁上、电线杆上的花花绿绿的住房租售广告。这几天，他要集中时间和精力去联系住房的事，一有空就到街上逛。杨伟每每发现那些住房出售广告，就仿佛看到了小青美丽的笑容一样，总有一种小小的惊喜。所以，他兴致很高，不知疲倦，不怕失败，不放过任何机会，一有线索就打电话联系，然后就去察看，谈价钱。可是，他察看了好几处住房，不是嫌房子旧或者环境差就是嫌房价太高了，都没有谈成。不过，在他心急火燎、马不停蹄找了一个星期后，终于功夫不负有心人，在一个偏僻的梅园小区找到一处比较满意的住房。杨伟立即打小青的手机将这个好消息告诉她，叫她马上过来看。小青听到这个好消息后，很高兴很激动，向老板娘请了假，走到马路上，坐上一辆出租车就急忙赶来了。

到达梅园小区的大门口，看见正在翘首盼望的杨伟，小青对司机大叫着："快停，快停！"司机刚停住，她就跳了下来。杨伟为她付了车费，带着她向一栋八成新的楼房走去。房主是一个退休的六十多岁的孤老头，正在房里等待，见他们来了，就微笑着带他们在房里参观。小青看过后，表示满意，虽然不是她最想要的高档住宅，可也算得上是一个中等的不错的楼房了。于是，杨伟与房主达成协议，先付定金，在下个月底一次性付清全年的租房款。

交了定金，拿到收据后，两人非常高兴，说说笑笑地向楼梯口走去。走了几步，小青又不放心地回过头叮嘱道："老人家，千万不要卖给别人呀！"

老头向他们点点头说："放心吧，我不会卖给别人的，你们按时来好了。"

小青听了满心的兴奋，情不自禁地挽着杨伟的手臂走下楼去。正在此时，杨伟与江筱月单位的谭主任碰了个正着，杨伟顿时羞得脸红耳热，只恨无地缝可以让他钻。

谭主任看见他们这个亲密的样子，先是大吃一惊，出于对他在读博士生老婆的尊敬，还是礼貌性地笑着跟他打招呼："杨伟，你好！"

杨伟涨红着脸，点了点头，努力做得从容地问："你好！你去哪？"

"我到我父母家里去。"

"你父母家也住在这里？"

"是的。呵，你们进去坐坐吧。"

"不了，我还有事，改日再拜访！"杨伟说完，慌慌张张走下楼去，心里想，想避开熟人所以才到这儿租房，不想这熟人到处都是，看来在这面儿上混的人，想要避开自己的熟人和认识的是不可能的。

小青却不解杨伟的心思，奇怪地问道："你走得这么急干什么？"

杨伟不想让她知道真相，撒谎说："我还要赶去上班。"

"那你干什么不叫司机开车来接你呀？要不，我给你叫一辆出租车回去吧。我走回去就行。"

小青说得通情达理又温柔体贴，让杨伟心里又惭愧又感动，为自己没有勇气面对。

86

杨伟本来就不想跟小青一起走回去，又怕她生疑，现在有如此好的台阶，他马上就下，说："好，那我先走了。"这以后，杨伟就努力练习开车，不久他的车技就很不错了。再以后，他就可以开着单位配给自己的专用车与小青来来往往了，不必麻烦司机，更不必担心自己的秘密让他知道。

小青看着杨伟坐上出租车离去后，一边走一边想，他平时跟她在一起不是这个样子的。今天怎么这样？他好像怕我跟他的关系让别人知道似的。这有什么嘛！我们都快要住到一起了。在小青的理解中，住在一起就离扯结婚证不远了，难道他不是真心爱我？还没有下决心离婚？

87

付了一年的租房款后，小青搬了进来，当然并没有她想的那些什么高档家电、西式风格家具，只不过是些平常的家用电器和实用的家具，简单不过地安置下来，她不是不知道自己的身份，不敢太别扭着杨伟来。

终于把一切都安置好了，两个人再次缠绵着疯狂着同时倒向床上时，小青却在关键的时候突然问："哎，伟哥，那件事有眉目了吗？"

杨伟真的糊涂了："什么事儿呀？"

"当然是离婚的事呀。"

"我现在还没有去惊动她。我想等我摸清了她到底有多少存款后，才好向她提出来。如果我现在就惊动她，她一定会隐瞒存款的，到离婚的时候她随便说个数，我就分不到多少钱了。"

"傻瓜，那你以前怎么把存款交她管呀？"

"没有啊，我的工资没有交给她。"

"那你的工资呢？"

"我每个月的工资是用在家庭开支上面，没有多少剩余的。"

"哦，是这样呀。花的是你的钱，存的是她的钱。你真傻！"

"那有什么嘛，我们是夫妻，夫妻财产是共同所有的。这是法律上规定了的。"

　　"可是……"

　　"可是什么？"

　　"她是女的，女人是弱势群体，到离婚的时候，法官肯定会偏向她的。再说了，她还在读博士，别人一看就是她不在的时候你有了外遇，这样你就是婚姻的破坏者，你不占理，也就更分不到什么钱了，别说一半了。我看你现在还是应该想办法叫她拿一半存款给你管，至于理由嘛，我都替你想好了，就说她现在在香港，家里的事顾不上，鞭长莫及嘛，你让她把那些存折都交给你，以便于定期查对一下，再把银行给的利息取出来。这个理由她肯定不会怀疑、不会不同意的，到那时候你再把全部的存折自行处理。然后你就可以找个什么用途理由少说一点，慢慢地蚕食，那样到她读完回来——怎么还得再用两年吧，她也就弄不明白你们到底有多少钱了。你说是不是？"

　　小青这么说着，杨伟暗暗吃惊，一个未婚女子居然会这么精明，看来女人对金钱的敏感天生比男人强。杨伟感到她的要求难办，老半天都不回答。说实话，他还没有下定要同江筱月离婚的狠心，虽然他同样不希望与小青分开，他也想同小青天长地久，可他同时还想要江筱月。

　　"怎么不说话？"

　　"我在想找个什么理由才能让她拿出一半存款给我管。"

　　"是吗？伟哥，你可真会搪塞呀，理由我不是早就替你想好了吗？你为什么不照做呢？你那样做了，我们就可以早点拥有自己的房子，自己的店，自己的家，还有我们两个生的孩子。"小青带着无限美好的憧憬将头枕在杨伟的怀里，继续说，"我每次回家，家里人都催我，说邻居、亲戚、朋友家里跟我一样大的女孩子都有小孩了，而我连婚都没有结。如果总是这么拖下去，他们会笑话我，家里人也会为我担心的，外人会以为我有什么问题，嫁不出去了。"杨伟听了这话果然感觉很有压力，他的高智商和高学历在这种时候，完全不如一个风尘女子，她轻轻松松就把自己的姐姐和哥哥全都由一个根本不相来往，甚至连个电话彼此都不通，而变成了亲情极浓处处想着她的样子，并且小青还把自己的年龄任意夸大了，她所谓的邻居、亲戚、朋友家里跟她一样大的女孩子现在不可能都有小孩了，她们一般来说应该是在读大学，或者说刚刚工作，即使有了男朋友，一般也不大可能结婚，因为她们还不够法定的结婚年龄。

杨伟在压力下感觉非常理亏，他一手搂着她柔滑的细腰，一手抚摸着她那像鲜花般的脸蛋说："我何尝不想早点跟你名正言顺合法地住到一起呢？你不知道你在我心里是多么重要，我是多么爱你。我每时每刻都在想你……"

小青睁着水晶一样的清澈透明显得无比单纯高洁诚实的眼睛望着他说："可是……那你得抓紧啊。"

"宝贝，你放心好了。"

88

杨伟答应小青的事，其实他一直没有办到，并不是他有意欺骗小青，而是离婚真的不是一件容易的事。小青也知道，她也没有逼得太紧，她对杨伟说她理解，但事实上她是不敢逼得太紧，怕物极必反，把杨伟给逼跑了。可小青的耐心却受到了巨大的考验，这一理解，就让杨伟得以有了两年多的喘息时间，直到江筱月从香港回来。

那天杨伟又来了，小青开始的表情淡淡的，和平时基本没什么区别，可当杨伟吻她的时候，小青却感觉到一缕伤心的痛楚划过她的心。一颗大大的泪珠马上就从小青的眼眶里滑落出来，这下子杨伟心疼了，也害怕了，他不敢违背她的意志了，强忍着心中的欲火，把手从她的身上抽回，这时杨伟听小青在他耳边说："等到我们有了自己的房子，注意！不是租来的，是买来的！还有，再需要一张大红的结婚证书，那样我就可以让你天天尽情尽兴了。"

89

杨伟约会回来，躺在床铺上，久久不能入睡。她的曲线，她的气息，她的声音，她的水晶般的眼球，天然鲜艳的嘴唇，时时地涌到眼前……小青，我亲爱的宝贝！杨伟忍不住低声呼唤着，可现在他的这个宝贝轻易不肯满足他了。

"等到我们有了自己的房子，注意！不是租来的，是买来的！还有，再需要一张大红的结婚证书，那样我们就可以每时每刻都在一起，那样我就可以让你天天尽情尽兴了。"

小青的话就如同一道魔咒，让杨伟想说爱你不容易，可想罢手不爱更不容易。房子、存款、离婚，离婚、存款、房子。这组词汇就像一块乌云从另一端缓缓地飘过来，把杨伟的心境弄得黑漆漆。这几天，杨伟满脑子都是钱、钱、大把的钱！上班没心思，精神萎靡不振，做什么事情总是丢三落四，掉了魂似的。当时才从香港回青岛来不过两三个月的江筱月以为他病了，伸手摸了一下他的额头，惊讶地说："好烫！你发烧了，赶紧去医院！"

杨伟烦躁得很，推开她的手，没好气地说："神经！你才发烧。"

"你真的发烧了！不信，去拿体温计测一测。"江筱月也不计较杨伟的态度，说着转身走进卧室，拿出一支体温计来，叫杨伟测一下。

杨伟斜乜了她一眼,屁股在沙发上示威并反感地往外使劲挪了一下,拿个冷背对着她。

果然江筱月的自尊受不了,她伤心又生气地说:“好好,你就这么个态度吧,狗咬吕洞宾,不识好人心,不管你!”

90

杨伟那天从外面出差回来算了一下,与老婆江筱月有好几个月没有亲热了。

今天从外面出差回来,杨伟第一个见的就是小青,可他受到了冷落。晚上,他很兴奋,非等到老婆江筱月回来不可,好将对小青的欲望发泄到她身上,这是小青间接提醒他的,小青说:“我又不是你老婆,我没有义务满足你,你要是想啊,就找你老婆,要是我做了你老婆,我保管什么时候都尽这个义务。”

到了半夜十二点多的时候,江筱月总算回来了。江筱月推开卧室门,看见杨伟还没有睡,就问道:“你怎么还不睡?”

杨伟尽管对她这么晚回来有气,可是今晚想发泄,就忍着火气,微微笑着说:“等你。我出差了几天,一直想你啊。”

江筱月刚从于跃龙那里回来,并且还做了他三天的妻子,在这方面的义务尽得太多,所以她现在真的一点都不想,就算是于跃龙,她也是不肯的,何况现在在她的心里,杨伟好像是一个另外的男人。她看着杨伟那样的笑容一下子就明白,江筱月没有作声,转身进了卫生间。杨伟在床铺上左等右等,只听到卫生间里的哗哗流水声,却不见她来上床。杨伟等急了,跳下床来,去推卫生间的门,门却反锁了,他只好在门外说:“你在干什么?要这么久?”

“你催什么催?你自己去睡就是了!”

杨伟不敢得罪她,压着欲火和怒火回到卧室。好不容易等到江筱月从卫生间里出来,来到床铺边上。却只见江筱月迅速地脱了外衣外裤就钻进了被窝里,按了一下床头灯开关,将灯熄了。杨伟觉得时机已到,就侧过身来搂着她,一只手在她的身上抚摸。她慢慢地转过身去,将他的手压住。杨伟只好将手抽出来,他又伸手试探,江筱月却用手按住,说道:"不要了,太晚了,明晚吧。"

"你昨晚说今晚,今晚又说明晚,总是这么推,你到底什么意思啊?"

"我累了。"

"你……"欲望之手停了一下,又继续抚摸。

江筱月在他的手背上掐了一下,生气地说:"你还要强迫我吗?"

杨伟懊恼地把手退了出来,转过身去,背对着她。杨伟在心里怀疑,她怎么这样?她现在经常很晚回来,又不肯跟他亲热。她究竟是在外面有情人,还是性冷淡?他以前听说过有关她的风言风语,还收到过一封匿名信。信上说他老婆跟她老公交往甚密,劝杨伟好好地管管自己的老婆。那时,他根本不相信,也没有将这封信交给老婆看,他以为别人是嫉妒他老婆的地位和才干。当然事实上,杨伟的这个猜测是正确的,那是江筱月的一个男同事干的,两个人现在正是他们大学一个学院里副院长的竞争对手。可是,现在想来,杨伟感觉莫非她真有其事?

于是杨伟生气地将江筱月的身体扳过来,责问道:"你今晚去哪里了?"

"陪市里的领导打牌去了。"

"哪些领导?"

"你有什么权力过问我工作上的事?"

"好,这个我可以不过问,但打牌也是工作吗?"

"现在哪个领导不打牌?打牌是一种公关活动。别人三缺一,你要是不赏脸，那不是把别人得罪了？我们正在上马一个重要项目，需要市里的资金支持。好了，不跟你说了，我要睡了。"

杨伟本来想责问她的，反倒被她这么一说，心里就非常地委屈，可又说不过她，只得忍气吞声，任伤心的泪水流下。但他不想让江筱月看见自己流泪了，他背过脸去，在心里恨恨地说，由她去！反正我不久就要离婚，跟小青名正言顺、堂堂正正地生活在一起了，现在何必再去自寻烦恼？权当我已经离了，她不是我老婆，只是一个陌生人好了。一经想到这儿，他禁不住又开始回味着跟小青在一起的那些快乐的时光。

因为经常这样遭到江筱月的拒绝，杨伟对江筱月也变得冷淡起来，有时候还厌恶她。相反，对小青的渴望和思念却越来越强烈。

第八章　从现实争吵到网络讨论

91

徘徊在丈夫和情人之间，江筱月的感觉更加复杂了。一方面她对丈夫内疚，一方面江筱月就是准恋爱中的女人，她变得光彩照人，那个抑郁得甚至有些变态的灰暗的她早已不见了，江筱月对那个曾做过她三天老公的他的评价是"天使"，是他拯救了我！如果没有遇到他，我真不敢想，我现在会变成什么样。江筱月这样对自己说，也这样对于跃龙说。

于跃龙当时听完，心疼地拥抱着江筱月说："你会变成什么样，我不知道，但我敢肯定，你不是被人家打死就是把人家打死。"他说的毫不夸张，因为江筱月和杨伟这对高知夫妇间已经开始出现了家庭暴力，并且时有发生。

于跃龙在冷落了江筱月一段时间后，很快就煎熬不住了，于是他又向江筱月表演着虚假的情、虚伪的爱，于是他们又开始了疯狂和堕落。就这样，江筱月快乐着、幸福着，到处留下她和他浪漫的足迹……江筱月在他面前是个乖乖女，非常温柔体贴善解人意，是他浓浓的爱激发了一个女人的全部优点。可江筱月在那个作为她法律意义上的丈夫的男人面前却不是这样，大部分时间是无话可说，当然他也并不想多和江筱月说什么，于是他们之间要么沉默，要么两句话没说完就吵开了，最后就是冷战几天，每次都是江筱月主动找他说话，无数次地哄他，她不想让家里的空气凝固，要不是她主动，江筱月怀疑他一辈子都不会理她的。自从有了那个情人以后，江筱月什么都让着忍着那个做丈夫的男人，尽管这样，但江筱月并不难过，一想到情人，心里就好甜好幸福。

但最麻烦的是，江筱月不能接受那个做她丈夫的男人的亲热，有时本能地拒绝了，就像遇到一个很讨厌的男人性骚扰那么反感，次数多了，做她丈夫的男人很受伤害，江筱月知道这一点，但在她看来，杨伟不反省他的所作所为，毫不关心体贴自己的女人，反倒觉得江筱月是他的老婆就应该那样，这是不合理的。江筱月在一次杨伟动手打了她以后，再次提出离婚。这以前，江筱月曾提过，但那只不过是在冷暴力时期的一次口角中说到的。江筱月没想到这次杨伟死活不同意，他可不想让法庭判决他们离婚的时候，江筱月是个受到家庭暴力的形象。江筱月坚持提，杨伟就破口大骂，到江筱月此一轮的第三次提及时，杨伟干脆大打出手，后来江筱月也就不敢提了，但她的心情却更加矛盾了，有时觉得自己好可怜好软弱；有时又觉得杨伟对她不错。想要什么就买什么，尽量满足她物质上的需要，并且打过她以后，杨伟也万般认错千般哄了。江筱月真的好矛盾，到底丈夫爱我还是不爱我？江筱月自己也搞不清。但江筱月清楚，和杨伟在一起好累，处处小心，说话稍有不慎就会得罪他，他就会和她没完没了地纠缠，每次的吵架，都是以江筱月承认错误而告终。江筱月真的受够了这种生活方式。

92

矛盾中的江筱月独自坐在电脑前，思维异常活跃，脑子里甚至有万马奔腾的感觉。

这些年，我们认真活着，到底是对是错？都说女人干得好，不如嫁得好。有了完美的爱，才有完美的人生啊！可是生活中的三岔路口特别多，必须选择，我到了该选择的时候吗？最让我痛苦的是，我不能接受情人的亲热，因为在短暂的肉体快乐过后，我越来越感觉到道德的谴责。而如果我离开了他，我也不能接受那个做我丈夫的男人的亲热。偶尔照顾一下他的情绪，但我内心特痛苦特反感。我真的不知道该怎么做。

93

江筱月在网上不断地追问着人们，于是有人告诉她：

在这个世上，爱是没有对错的，可是生活是有对错的。是的，有时候想，上帝啊，人只能来人世走一次啊，可是为什么还有这么多的爱恨痴狂呢？为何不怜悯我们这些尘世中生活的凡人呢？可是生活还是要面对的。楼主姐姐，如果你只是一个为爱生活的人，你可以抛弃现在的一切吗？但我想很难。况且你能确定那个做你情人的男人是你的真爱吗？

还有人告诉江筱月：

女人的傻就在于跟男人上过床以后就以为自己是这个男人的什么人了，跟他有什么关系了，然后就动情了，陷进去了。其实男人穿上衣服之后对这个女人就没什么可留恋的。那个做你情人的男人所谓的感情和誓言不过是为了下次再跟你上床时还有借口而已。如果他真的对你有情，就直接跟你结婚得了。呵呵，三十多岁了还这么傻，可真算是不多得。我也是一个三十多岁的女人，和你有过相同的经历，LZ（楼主）想开点吧，换件哪有原装的好啊？

94

于跃龙在这样的日子持续了很短的一段时间后，他的矛盾和痛苦再一次让他做出了理智而道德的选择，这一次，于跃龙相信自己是真正地管住了自己，他再也不想和这个女人来往了，他知道自己以后还会有这样的行为，但他不想同江筱月这样智商超高、情商却极低的最爱自作多情、自以为是的痴情女人来往，这种来往太累。于跃龙已经活得够累了，他现在只想轻松一下，和别的女人在一起的感觉就与江筱月不同，他得到了真的轻松。

江筱月天天等待他发来的短信，准确地说应该是时时刻刻都在盼，可是两三天过去了，还是没有。江筱月想手机如果质量差点，肯定被她翻烂了。幸好她有先见之明，买了个价位贵但货真价实的。江筱月终于忍不住，主动给他发了短信。满怀希望他也有自己的这种心情，热情洋溢，相思泛滥。然而，江筱月错了，他的回答非常简洁，就那么一两个字，好，还行，冷冰冰的，对于她涉及情感的问话一个也不予以解答释疑。让江筱月在那些个问话中闷死，而且又新添无数的问话。

"他莫不是当作了一夜情吧？"江筱月直到这时才无比痛且惊地发现了于跃龙的真实想法，尽管在此前她已经在他那里弄明白了男人所谓的爱的本质不过如此，仅仅是针对女性的身体而已。

随着几天来，他的态度还是那样的很不明朗，江筱月开始把她先前的问话划掉，把新添的加上了她揣测的答案——他也许并不爱我！她还是不敢加上一个肯定性的答案。

95

江筱月在心灵深处彷徨，在所谓的道德法庭上颤抖，此时此刻，能撑起她的思想和灵魂的便是于跃龙的"真爱"。如果他不爱我，那我内心的那一点点引为注解自己行为的理由是不成立的。我彻底倒了，我彻底完了！江筱月在网上痛彻心扉地敲上这几个字。

只要我们男人看不起女人，就不用去追求和讨好女人；不用去追求和讨好女人，就不用担心会因女人而烦心；不用担心会因女人而烦心，就不用在女人身上无辜花去我们的血汗钱；因此，不需要女人的男人是强者；需要女人的男人是弱者！

这是一个显然为男性的看帖者给江筱月的回复，看得江筱月几乎精神崩溃。

96

于是江筱月再回头审视她与于跃龙当初在一起的点点滴滴，审视的结果是让她发冷。江筱月对老公似乎已经没有了爱。因为通过下面的几个对比，结果就出来了。

江筱月无须想起，也能轻易地记得于跃龙的电话号码，给他打电话时根本不需要去想那具体的数字，却肯定不会拨错，而她却不能这样记得老公的电话号码；

天气变了，突然下了一场初冬的雪，江筱月没有担心老公和孩子穿得单薄，却给出差到外地的于跃龙发短信，问他是否穿得暖和，而他那里却只是下了雨或者小雪；

当江筱月到医院检查身体没有什么问题时，第一个把喜悦报给了于跃龙；

于跃龙说他身体不太好，江筱月揪心地痛，而老公牙疼得哇哇叫，江筱月还笑他像个孩子似的，一点忍耐劲都没有，甚至嫌他吵得自己睡不好；

……

真的是没有爱了！为什么会这样呢？

我们也曾有过爱啊，也曾花前月下，歌厅剧院，你追我打，你拥我抱，那么激动，那么激情。曾经，他晚回，我担忧；他有事，我心急；我生气，他心痛；我偷懒，他做饭。唉，往事不堪回首。是什么使我们的心越走越远？

是性格相差太大？是思想没有共鸣？还是生活习惯不相同？

江筱月想这几点或许都有一点吧。但最最可怕的还是寂寞，是她不在青岛不在丈夫身边的那四年的寂寞，让这一切都发生了改变。

但这种情况现在绝不单单出现在江筱月的婚姻和情感里，否则同样道理，就不会有那么多的人加入她的跟帖群了。因为恋爱和结婚前后，新鲜感犹在，不会在意一些细小的事情，日子长了，这些细小的裂隙就会可怕地累积增长。首先是他不再迁就她，表现出了大男子主义。"煮熟的鸭子飞不了啦"，他用不着装扮粉饰自个儿的个性，他把原本的自我完全展现在家庭中，大大咧咧，随随便便，大事小事装孩子。这是那些已婚的年轻男人的通病。于是女人们会感慨老公喜欢做小孩样。大到买房装修，小到孩子入学、人情开支，他都不管，一副太上皇式的悠闲自得状。吩咐他做点事，喜欢的就马上做，不喜欢的把喉咙喊破了也无济于事。

当然女人也有缺点，风风火火，叽里呱啦。这些矛盾就像火车轮子和路轨的接触导致的摩擦，只要火车开着，摩擦就在进行着。

然后，就是江筱月曾分析过的寂寞，她四年不在青岛时杨伟的寂寞，其实这种分居也是江筱月所同样受不了的。虽然听说现在很多年轻人倡导分居，当然他们那是同居一个屋檐下的夫妻分床而睡，居然有些报刊上也提倡过，说什么可以保持彼此间的新鲜感，对于保护夫妻关系有好处，距离产生美嘛。可是江筱月不想一个人睡，漫漫长夜，孤枕难眠。分居两地的四年，导致了他们心的分离。

开始，江筱月感觉还不是特别强烈。因为学业的紧张和陌生环境带来的压力，分不分居好像无所谓。后来当学业一步步顺利直到完成回来，矛盾就突兀地显现出来了。四年的分居，他们只有中间团圆了十几天，空间的距离拉开了他们的心，无法有感情的交流，也无法有睡前睡后的温存，更不用说缠绵了。现在江筱月回青岛了，但他们之间的距离感并没有消除，主动权在于老公。江筱月想和老公睡，她想被他抱着睡。可是江筱月一钻进老公的被窝，他就用他的脊背来对付她，江筱月当然不知道那个年轻美丽的小青的存在，已经让杨伟实在力不从心，无力应付两个女人了。

老公的脊背在江筱月看来就是一道婚姻的屏障。女人天生就是脆弱的，她总是希望被那个叫作老公的男人爱护着、宝贝着。可是那个叫作老公的男人却并不知晓他的老婆的心。他用沉默来表示他作为一个男人的刚强，他在保护着他可怜的自尊，万一真的名副其实了，即使只是一两次，也是会让他好长一段时间有挫败感的。江筱月被冷落了，在冷落中江筱月特别孤独寂寞。从冬末到春尽，从夏始到秋临，一个个夜，都是那样的漫长。

　　家庭是由琐碎组成的，年轻的夫妻在琐碎中消磨着情感。江筱月也懂得日子应该是在平淡中体会幸福，可是日子平淡，江筱月却感觉不出幸福。有时，江筱月总在思考：到底是人在过着日子，还是日子在度着人的岁月与生命？江筱月想，只有那些成功的人士才是在过着日子，所以他们感觉时间紧迫；而一般的人是日子在度着他们的岁月与生命，过一天算一天。我郁闷着，我苦恼着。江筱月对自己说，下面的问题是我算不算成功人士呢，取得了博士学位就算成功了吗？答案当然是否定的。

　　刚开始的时候，杨伟的这种冷漠让她受不了，赌气吵过好多次，又有多少次，江筱月想用实际的行动来表达她的不满。住过宾馆，也吵着要在外面租房，甚至声言要找一个别的男人接纳。但是最终，江筱月还是没有做到。因为，家庭不仅仅是两个人的事；因为，孩子那双无辜的眼睛。江筱月在压抑，她感觉追求自由和快乐的思想在一种古老的文化氛围中遭到扼杀，她在平凡而平淡中失去了自我。但江筱月无法改变这种生活，还得按原来的轨道前进在每一个清晨和黄昏。

　　这时作为江筱月情人的那个他总是那样不冷不热，不知是什么原因，是工作太忙了，还是他醒悟了、后悔了、失望了？总之于跃龙对待江筱月的态度时冷时热，更多的时候则是不冷不热。江筱月不想直面这些问题，它们只会把人搞得更为疲惫。人活着的目的只有一个，就是想方设法让自己快乐。为什么非要搞清楚呢？想起那首叫《网络情缘》的歌，句句映射着江筱月的心理。写歌词的家伙可能也网恋过吧？网络到底是好事还是坏事？

　　我决计结束我的网恋。

一场游戏一场梦／终归回到现实中／笑看他人琴瑟和／你我无缘心意通／来世早早定姻缘／不要如此心煎痛／时间且把痛抚平／夜夜祝福梦相同。

　　了了未了了。(想了结的没有了结)

　　了不了了了。(不想了结的了结了)

　　不了了中了。(不想了结的还要了结了吧)

　　了去了了了。(什么都了结了，还其本来后一切都好了)

　　网络是毒品，网恋是毒品中的毒品。江筱月感觉自己像个寄生虫，硬是把网络虚拟的美好写进自己空虚的精神世界里，然后靠着这一点点粪土做着无氧呼吸的虫。她恨自己的颓废，居然成了要靠一个玩一夜情的男人的感情来支撑精神的可怜虫。

　　半真半假，江筱月给于跃龙发了一条这样的短信：

　　欲断还想，心更痛。呵呵，看来只能跟定你一辈子，直到海枯石烂。

　　发完以后，江筱月就在论坛上窝着，期待着梦幻中的答复。一天过去了，两天又来了，还是没有动静。夜深人静的时候，一丁点儿响声都让江筱月产生错觉。到第三天凌晨的四点，江筱月看还有像她一样的夜游的人在论坛里瞎逛，而她的那个所谓的"情人"，却不知在哪儿神游仙界！

98

　　江筱月不禁非常孤独。隔壁传来老公和孩子的鼾声，此起彼伏，错落有致。那是一个周末，所以孩子今天被从她奶奶家接了回来。一想到

119

周末，她就想到了烟台，更想到了那个发生在她身上的疯狂而荒诞的一夜情。她走过去，给孩子掖了一下被角，不经意看了老公几眼，他的鬓角好像又添了几根白发。想起前两天，他好像提过没有袜子穿了。他从不买这些东西的，以前都是江筱月主动给他买的，"现在……唉，我的良心都被天狗给吃了？！"江筱月不禁骂了自己，同时痛下了同于跃龙、同网恋一夜情分手的决心。

可是说心里话，江筱月对同于跃龙断然分手却又痛苦难堪，想着以后再也不能在他温暖的怀抱里轻柔地拥吻，激情地温存，江筱月不禁心如刀割，但她一直忍着，不去打电话给他，内心却无比期待他的电话。徘徊在丈夫和情人之间，分手容易不想难，不想去想难上难。为你恨闷绝流水，因君泪流心已碎。往事回首心哪堪？梦中温馨笑开颜。醒来泪湿青布衫，长叹一声心枉然。落花流水尽已去，情空心空人也空。

99

江筱月于是继续在论坛上倾诉，希望能有人帮助她找到一个解决问题的良方。结果她被一个叫"赛过张飞气死李逵"的网虫在回复中臭骂了一顿：贱人世代有，现代特别多！

马上又有一个叫"哭泣的蝴蝶"的人不服气，回复帖子说：

我不知道那些骂人的人是怎么想的，我觉得他们也未必好到哪里去。人都是一样的，谁又能比谁高尚多少？激情过后更多的是需要承担责任，哪个女人都要过这一关的。生活不单需要激情，更需要智慧。

一个网名叫"长痛不如短痛"的人回复说：

呵呵，我和你的情况一样，我和他也是在网络上认识的，我们俩的情况比你们还糟糕，我们互相欣赏，互相投入，简直爱得要死要活的。但为了家庭和孩子，我们选择了分开。毕竟责任是最重要的。分手对我的打击十分大，正在做的几个项目都出了问题。现在想起来，没有永远的情人。所有的刻骨铭心都会随着时间而忘记。长痛不如短痛，说什么永不放弃，其实他现在已经放弃了。对于感情，女人大多数时候是在自欺欺人，你其实是在爱着自己的感觉，爱着自己的痛苦，爱着自己的姿态。当然这也没什么不好，但不要把这些当作生活的常态。这非常态的生活持续个一年半载可能就会毁掉你的一生。我知道楼主会说你们的爱情是最伟大的，是最真诚的，是世间绝无仅有的等，就像琼瑶笔下的爱情一样，就像我曾经以为的我的爱情一样。可我放下之后才明白，我一生最正确的决定就是回到丈夫的身边，做一对平凡的夫妻，过平淡的日子，养一个健康的孩子。生活毕竟不是小说，任何激情最终都会变成柴米油盐。与其丢掉熟悉的厨房进入陌生的厨房，不如就在熟悉的厨房里偷点懒儿。我倒有教你放弃的秘方儿，你想听吗？呵呵。你可以这样试一下，不要跟情人说分手，在每天的半小时电话里，你反反复复说同一句话"我要嫁给你，我要生生世世都跟你在一起，我离不开你"，我保证最多两三个月以后，你的情人就换掉手机跑得无踪无影了。当你的情人逃之夭夭以后，你不是就不用再选择了吗？你还不用背上所谓的无情和良心的重负。呵呵。我的方法可以吓跑80%以上的情人。呵呵，不信你们就试试。这就是风月宝鉴的作用，让你们看清情人的真相。如果你不能放弃他，就让他放弃你吧。嘻嘻。

江筱月看到这里不禁心里万分酸楚，根本不用这样吓啊，也其实不存在什么选择带来的良心重负，人家根本就已经放弃了，不能放弃的是我自己，那样还何谈什么吓的方法。而如果说什么选择的重负，是对于自己的，现在不能放弃的是我自己不是他呀。

一个网名叫"一只笨笨猪的花样年华"的人也跟着回复说：

我们只是平凡的女人，不是公主。老公不再把你当公主，而把你当成老婆，这才是你伤心的症结。而在情人那里，你又找到了当年当公主的感觉，哪怕是一个痛苦的公主的感觉，所以你感觉心情沉郁且对感情迷惑不解并且失望了，为爱的不能长久。当有一天，情人也不再把你当成公主的时候，当你的情绪不再能牵动他的喜怒哀乐的时候，你就会有另一种痛苦。我也曾跟老公有过很深的裂痕。夫妻间的矛盾，生活上的不如意总是很多的，生气时的话，不要太往心里去。无论如何，一个巴掌拍不响，退一步海阔天空。现在，我在公司里加班，老公跟我说他做了一大桌子菜，但因为我不在，吃起来很没有滋味——这就是幸福。而这样的幸福是需要夫妻双方一起经营的。还是那句话：生活不仅需要激情，更需要智慧。

一个叫"妩兮媚儿"的人回复说：

老公和情人是两种人，老公可以相守一生，情人只能曾经拥有。老公让我觉得很乏味，情人让我充满激情。和情人在一起感觉无限好，和老公在一起经常很郁闷。人啊人！鱼和熊掌一定是不能兼得的。因为常常拿他们作比较，更加觉得老公不如情人，夫妻生活变得索然无味。我也曾感叹一辈子难道就这样郁闷直到死去吗？放弃情人等于选择郁闷，放弃老公等于现在孤独一辈子。我该何去何从？楼主，我们同病相怜，相对痛哭一场吧。

100

于是一个叫"憨猫"的人就回复说:

婚外恋都是没有好下场的,我说的话你等着瞧吧!

"一只笨笨猪的花样年华"又回复说:

红尘多可笑,痴情最无聊,目空一切也挺好。

此生未了,心却已无所扰。

只想换得半世逍遥,醒时烦恼,梦中全忘掉。

叹美人迟暮来得太早,来生难料,爱恨一笔勾销。

对酒当歌,我只愿开心到老。

风再冷也不想逃,花再美也不想要,任我飘摇。

天越高心越小,不问因果有多少。

独自醉倒,今天哭明天笑,不求有人能明了。

一身骄傲,歌在唱舞在跳,长夜漫漫不觉晓,将快乐寻找!

鱼和熊掌是可以兼得的,成了精的女人还怕岁月和红颜易逝以及不能兼得吗?呵呵。

101

一个叫"悠悠然无缘对面山"的人回复说:

问题出在我们自己身上,都厌倦了平淡生活,但又不能和平淡告别,于是选择了激情,让激情遮掩生活中的瑕疵。

一个叫"让爱走开吧"的人回复说：

平平淡淡才是真，这句话谁都知道。可是生活到了平淡如水的时候，真不知道人为什么活着，是的，烦恼而享受肉欲的人们，我也不知道你们该怎么办啊……不过，我倒是可以帮助你们假设分析一下，如果你的情人愿意和你结婚，那你可能幸运地碰上精品了，因为这样的情人太少了。不过，结完婚还是会有什么N年之痒的，因为生活终将归于平淡。于是又一个无奈婚姻的寂寞与烦恼的轮回就开始了。所以你自己想清楚就行了。我的建议依然是：恭贺自己这岁数了还能吸引对自己真心的男人，然后放弃他。这样你才会拥有他一生的记忆。我们无法控制生活，但我们能控制自己。不要打着爱的旗号，私下里却衡量着选择的得失，这既亵渎了爱，也虚伪到了极致，玩就要玩得起！女人啊，你的名字叫虚荣！情人是你魅力的标签，痛苦是你另类的美酒。呵呵。记住对一位犬儒大师的评价——你的肮脏是自我陶醉的，你的自我陶醉是肮脏的。情人真要变成老公了，你还会从变成老公的情人身上体会到随和吗？柴米油盐酱醋茶和鸡毛蒜皮的细节就是生活。而且你又不是二奶，你的情人对你没出一分钱，根本就毫无经济上的压力。一旦有了经济上的压力，一旦用你的话说"工作压力渐大"，他难道就不会再用你的话说"说话的口气让人越来越听着不舒服"吗？你说你现在的情人年轻又俊朗，可是你没听说过审美疲劳吗？你说他充满激情，但科学证明，激素下的激情只能保持最多一两年。你还说你们在一起感觉无限好，你和你老公当年不是也感觉无限好，以至于你当初为了爱，义无反顾地选择了他吗？你自己也这样说："永远的情人？能永远吗？我对他对自己都没有信心。我已经三十多岁了，没有多少青春可以挥霍。我能这样稀里糊涂活着吗？"可见你也十分地困惑，十分地担心未来。和情人在一起肯定很甜蜜，可放纵的结果往往是毁灭。你真的愿意不计后果地爱下去吗？莫非你真的打算过把瘾就死？请看下面的寓言故事。

（……出墙中……）

问：你们为什么要结婚？

答：因为我们当时爱得死去活来。

问：那你现在为什么要红杏出墙？

答：因为我们现在的生活过于平淡。

问：那你和你现在的恋人感情如何？

答：我们爱得死去活来。

（……于是离婚，与新人结婚，但很快又在出墙中……）

问：你们为什么要结婚？

答：因为我们也是当时爱得死去活来。

问：那你为什么又要红杏出墙？

答：因为我们现在的生活又是过于平淡。

问：那你和你现在的恋人感情如何？

答：我们现在又爱得死去活来。

（……故事在重复地延续………）

102

"一只笨笨猪的花样年华"再次回复说：

一个女人的一生要遇到很多的危机和麻烦，除了自己面对的诱惑之外，还要面对老公可能会受到的诱惑。保护自己的家庭，不光要保护自己，还要保护自己的老公。这是所有人的悲哀。而这种保护不能使用武力，只能使用经验和生活的智慧。不论男人还是女人，都要经过这种炼狱般的考验才能成长和成熟。我老公曾用了一个小例子来开导我，呵呵。他说，本来大家都被关在一个全封闭的房间里，逐渐眩晕昏睡，并且最终在昏睡中缺氧而死去，可你偏偏要去叫醒他们，告诉他们将要缺少氧气啦，将要死去啦，让人死都死得不安宁，呵呵。

一个叫"静日听花香语"的人回复说：

男人都是自私的家伙，不给你任何承诺（就算是给也不肯履行，只不过一张空头支票），不会为你放弃任何机会，还口口声声说爱你，然而我们女人依然爱得热烈，理解你，因为我也曾深陷其中不能自拔。理智和激情是一对永恒的矛盾。忘记很难，继续更难。再甜蜜的爱情在踏入婚姻之后也总会有归于平静的时候。爱情或许真的可以转化成亲情，爱情没有长久，恒久的永远是亲情！别说无力言爱，你还有老公，他是你法定的依靠，女人不再奢求的时候，就会珍惜平淡的幸福。佛曰：世界上最珍贵的，不是得不到的和失去的，而是你身边的幸福！

网名叫"一只咖喱狼"的人回复得直接有力：无耻＋幼稚。

103

一个网名叫"123456789000000000"的人回复说：

现在是网络时代，网络给人带来了很大的变化，使人精神出轨、肉体出轨。当然我不认为精神出轨的必然结果就是肉体的背叛。但出轨后往往是女人受伤害最大。姐妹们见好就收吧,网络上的东西都是不真实的,男人都是虚伪的,一旦得到了对方,就会撒手而去,不会主动给你任何信息,还是好好地珍惜、爱护自己的家庭吧,还是老公最好。

一个叫"雁会归来的"的人回复说:

女人的无耻有的时候不能不说是因为过多的男人的无能造成的,就像不是每个人都有自己的道德底线一样。你知道的所谓的真正的精神独立也只是你自己的知识能力所能理解到的程度,即使你有博士学位,但它和事实的差距,没有任何人能知道到底有多大。

一个叫"男人四十是人渣"的人回复说:

其实如果你真的爱你的情人,那就更应该放手,放手是一种大爱!另外,问题是——在决定玩火之前,你要做好自焚的一切准备,结果有两个:一个是玩了,感觉不错;另外一个就是,呵呵,自焚了。各占50%。如果做好了准备,就玩吧!没有与众不同的失去,就想得到与众不同的快乐,是绝对不可能的事情。

一个叫"梦里他乡人"的人回复说:

已婚女人是需要情人的,哪怕仅仅是精神上的,也就是我们常说的蓝颜知己,然后她就相对应地做对方的红颜知己。不然生活就如一潭死水,整天只围着老公孩子家庭转,不会再为自己做任何修饰打扮了,楼主现在这样的状况，我觉得挺好的，有一个给你家庭、还算爱你的老公，还有让你充满激情的情人，干吗非得去打破它呢？！人一辈子只爱一个人太难，相守老公和孩子是你的责任；相爱情人，是你的权利，鱼和熊掌是可以兼得的，只要你对老公和情人的要求都不要太高。非要把老公变成情人，把情人变成老公，那就全乱了套，结果可能还没有你现在幸福。

一个叫"女人自作多情最可笑"的人马上发帖来反对这种观点：

我不认为一个女人能同时爱着两个男人，爱情是具有排他性的。我现在时时提醒自己，老公和我之间不仅有爱情，更多的是恩情和亲情。一个男人是否真心爱你，并不能靠他说的几句话，而是要看他的行动，想想自己在最困难无助的时候是谁陪伴在你左右？为什么要心疼一个不能给你任何承诺保障的人，而对为你操持一切的丈夫却没有一丝怜惜？就是因为他帅吗？我的那位也很帅，是大众情人。可如果他不能给我以后生活的保障，我就绝不会委身于他，再说了，就算他能给，我也不会接受，因为人总得讲点良心！

那个叫"男人四十是人渣"的人也跟帖说：

鄙视所有搞所谓"婚外恋"的人，他们是怯懦的、愚蠢的，永远不可能真正地爱一个人。

一个叫"昨夜星辰昨夜风"的人也发表看法说：

忠于自己的生活，努力争取自己想要争取的，努力过自己想要的生活。让自己快乐，也同时要让身边的人一起快乐！

104

另一个叫"五彩缤纷终归平淡"的人发了个长长的帖子：

有时候，我们像溃败的兵，逃到理性的旗下，寻求平静，当热情的火焰已经熄灭，我们看到已往的任性和激动的感情，都变为可笑，再没有理由接着胡闹——这时候我们往往喜欢聆听别人经历的爱情的波涛。这种心情就像在一个黑暗的屋子里待了很久，突然打开窗户，发现外面的世界是如此精彩。当我们都觉得屋子很潮湿的时候，不要忘了把心情拿出来晒晒……人一旦成家之后或许就没有当初恋爱时的激情，一切会变得平淡，有时候甚至觉得乏味，想追逐一下年轻时的疯狂和放荡，但是，请记住——年轻已经过去，在不同的年龄段我们做不同的事，在应该稳重的中年却想再回去过年轻时的生活，这可能吗？要知道这时我们面对的问题已经不同。不过，要想到和谁在一起都有激情退去的一天！楼主问的这个话题会有这么多的回帖，足以说明你的情况在现实生活中也是普遍存在的，而且个人又有个人的看法吧。确实这样，在这个社会里，随着生活条件的改善，人们也在不断地追求更高的生活质量，不满足于一日三餐了，不用为养家糊口而疲于奔命，更多的要求精神上的东西，我身边也有这样的事情。同事朋友也谈到过这样的事情，但是从情况的发展来看，婚外情有好的结果的非常少。这是事实，并不是在于别人的干涉，而是遇到具体困难的时候往往是两个人中有一个人会退却吧，毕竟想把不合法的事情变成合法的不是那么容易的。我的观点是婚姻中遇到问题是非常正常的，遇到问题要自己解决，不能找第三个人去转移感情或者暂时逃避自己婚姻中存在的问题，这样反倒会引出更多新的问

129

题，如果不慎还会彻底输掉自己一生的幸福。不管外面的世界有多么的精彩，每个人做事都是有自己的原则的，不能随波逐流，路是自己走的，每个人都要为自己负责任，劝楼主好好想一想吧，我也是你的姐妹。还有，就如有一个网友说的，人的一生是为了什么？爱情？生活？责任？如果人只是一个个体，世界上只有你和你爱的人，那问题也许就简单了，选择哪个都是一样。可事实呢？再送楼主一句话——人在很大程度上是为别人而活着。选择家庭对你而言也是一种爱，即使不爱老公，你还得爱孩子。选择家庭同样还是生活的延续，生活质量有问题，就应该从双方身上找原因，对方即使有再多的不对，可是你呢？选择家庭同时还是选择责任，对自己，对孩子，对老公，对身边的亲人，都是一种责任。为什么每个人都在疯狂地或招摇或隐秘地追寻激情呢？究竟是家庭生活缺少了浪漫呢？还是人心底那种最原始的贪婪和肉欲在驱使？婚姻需要经营，你们婚姻里的问题也许任何一桩婚姻中都会遇到，聪明的女人知道如何把握，你做得到。我原来是坚信一个人只能爱一个人的。为什么现在有这么多困惑无助的人呢？为什么在婚姻内外，有那么多的彷徨迷茫呢？看了你的故事，觉得好像女人都会遇到这样的问题！因为女人的感情跟着感觉走，而不是受自己的理性控制！女人容易在爱里迷失自己的方向！在一场爱情里，女人永远都是方向白痴！

105

一个叫"源氏紫姬"的人也回复说：

我觉得两个人结婚，如果不出太大的意外，最好还是一生一世。但是一世只爱一人真的比较难。楼主应该把握好自己的感情，其实和情人往往是相爱有缘、厮守无分的，丈夫才是最好的避风港和归宿。对于情人，爱他就不要伤害他，让他放弃自己应该坚守的责任家庭；对于丈夫，也不要伤害和放弃，再努力一下，即使不能找到往日的感觉，也不要让他伤透心离去。

一个叫"天堂的城市"的人的回复很有意思：

《圣经》里有"七宗罪"，做情人应该算一宗吧，呵呵。

那个叫"悠悠然无缘对面山"的人再次回复说：

上到达官贵族，下到平民百姓，有情人的太多了，克林顿总统和查尔斯王子不也都有情人吗？人心是肉长的，我非圣贤，面对温柔我无力拒绝，尤其在我最彷徨的时候。当我和情人信步走在川流不息的大街上，他温暖有力的大手握着我的手，于是身体里的某个细胞、某根神经立刻就被调动起来了，我情不自禁地侧头对他投去深情的一眸，他给我一个无比温柔的笑容，在我耳旁轻声细语："茫茫人海，只有你最好。"我回报他一个同样意味深长、柔情绵绵的笑，同时感觉世界在变小，小到只有我和他，我在世外桃源般的美景里沉沦，我能割舍吗？我不能！

106

一个叫"激情猫步"的人回复得非常严肃：

节制欲望是每个人都必须学会的生存本领，否则生活会是一团糟。诱惑太多，但是选择只能有一个，选择了就不能后悔。重要的是知道自己究竟要的是什么。所谓的激情和爱只不过是你放纵自己的借口，婚外情是不负责任的，不道德的，至少我鄙视这种感情！

一个叫"TMD人啊人"的人回复说：

我想时间会证明一切，到时候你会明白你们之间到底是真爱还是激情。好好珍惜现在的日子，让时间去证明一切。

一个叫"胭脂红离人泪"的人诗情画意地回复说：

在就要转身前忽然又想起你，相遇的那一天漾着微笑的你，那个微笑还是很美丽，可惜那个人常常要让人哭泣；太耀眼的城市不适合看星星，就如同你的心不适合谈安定，谢谢你让我伤过心，学会爱情并非执迷，明白人有改变不了的事情；记住应该忘记的一定要忘记、忘记！我提醒自己，你已经是人海中的一个背影，长长的时光，我应该有新的记忆；人无法预知会为谁动心，但至少可以决定不放弃，我承认我还是会爱着你，但我将永不再触碰这记忆；记得要忘记，忘记经过我的你，毕竟只是很偶然的那种相遇，不会不容易，我有一辈子，足够用来忘记；我还有一辈子，可以用来努力，我一定会努力忘记你！此情可待成追忆，只是当时已惘然。有的人，有的爱，只要知道就行了，放在心里吧，楼主，让自己平静下来吧。看来有着博士学位的你在大学里是教授，可在这方面却单纯幼稚。希望你在这以后，痛定思痛，与老公重新开始稳定而传统的家庭生活。

一个叫"追日的人"的人回复说：

其实，夫妻之间无论恋爱的时候感情有多好，都会随着时间慢慢淡去，凑福凑福，凑在一起就是福、就是你的缘，不要给自己制造苦恼了。

一个叫"风飞一世"的人简洁地给出了评语：

源于性，止于性，这就是情人的实质。

107

一个叫"得陇望蜀人之常情"的人回帖子说：

看了帖子，我想起一个典故——东食西宿。是说从前有一女子去相亲，临出发前，媒婆跟她约定：今天，你是同时和两个男子相亲的，一个住东边，是富家子，有很多很多的money，但长相很是差劲。另外一个住西边，是穷小子，家无片瓦，却貌若潘安，十分beauty，你要是喜欢东家，就露出左肩，喜欢西家呢，就露出右肩，这样的话，我就知道你想"花落谁家"了，然后我好去"活动"。相亲结束后，媒婆头疼了，因为那个女子把双肩同时暴露了出来。于是媒婆就问那女子原因，她回答曰：富家子有钱，白天在他家过，可以吃好、穿好……穷家郎貌美温柔，夜里在他家睡眠，承受英俊郎君的怜香惜玉之欢……如此，两全其美，日子必定滋润得很！唉，这世界上，能兼备东西两家之长处的男子（女子）又有几个？而在这世界上，拥有故事中那个女子想法的女子（男子）又何其多哉！所以，生活才会有这么多不如意的事一起接一起地发生，所以大家都醒醒吧！一群浑浑噩噩的人！！

108

江筱月把这所有的帖子都认真地看了再看，读了再读，分析了再分析，然后她上网发帖子回复说：

感谢以上各位朋友的回复，您的参与，让我得以从多个角度分析看待问题，解决矛盾。爱情是什么？千人千答。爱的真谛又是什么？一两句话说不清楚，千百万篇文章也讲不明白，因为它存在着多种答案，而问题是不论是哪一个答案，它都是正确的，正是这多样性才让这个看似简单同时又是人人都要面对的问题变得复杂纷纭，莫衷一是。如果不是刻意为难自己，非要弄个水落石出的话，我想关于这个问题的探讨就到此终止吧。我只知道生活依然在继续。从丈夫那里得到安乐窝，从情人那里得到爱的激流。人活在世界上，真的很矛盾，宁静的日子过久了，就希望有奇迹、有刺激出现。而激情多了同样也并非全是甜蜜。我在这里倾诉一下自己的隐私，目的是想释放长久以来的压力。办法大家想，主意自己拿。

不想马上就有一个叫"青埂峰下顽固不化"的人回复说：

楼主，你离婚吧，去找你的情人吧。我看了半天帖子，我觉得大家的话你多半没听进去。我觉得你期待着劝你投向情人怀抱的帖子出现，所以我满足你内心的期待。我觉得你真的可以选择离婚，看看你的情人会不会和你结婚。如果你们真能在一起，时间长了，你也可以感觉一下他给你的感觉有没有变。到那时如果你发现你现任丈夫给你的感觉和以前那任丈夫其实差不多，到那个时候，你也就不要拿出来讲了好吗？你就把打碎的牙，往肚子里咽吧。我虽然比你小好几岁，还是个男的，但我跟你搞差不多的工作，我知道能在图纸在报告签上字的负责人，人生也一样，如果你没本事签字、没勇气负责任，就别瞎唠叨了。

一个叫"永远110"的人回复说：

哎呀，所谓红颜知己不过是安慰女人自己的，本来是为舍不得又不想伤害其他人找的一个借口罢了。女人做梦的时候，特别是做美梦的时候，总是把一切想象得十分美好。每一个醒着的人是难于知道她梦中的甜蜜的，因为梦中自己生活在天堂，只有梦醒才能回到人间。天堂是可以任意遐想的，人间是要受到诸多约束的，谁会希望自己有约束受制约啊，所以，我理解楼主的想法和做法，但不希望你永远生活在梦里，因为作为人，你终将是要回到人间生活的。放手吧，虽然放下的可能是你最不想放下的。

> 你会看见雾看见云看见太阳
> 龟裂的大地
> 重复着悲伤
> 他走了
> 带不走你的天堂
> 风干后会留下彩虹泪光
> 他走了
> 你可以把梦留下
> 总会有个地方
> 等待爱飞翔

幸福不在远方

开一扇窗

许下愿望

你会感受爱感受恨感受原谅

生命总不会只充满悲伤

爱呢爱呢你的爱呢

从前的那些快乐变了

变了没了

心呢被弄痛了

承诺呢被丢弃了

我的爱呢

你把它给谁了

想再听你说爱我

只听到一阵沉默

是不是我迷了路

走进了别人的梦中

原本熟悉的亲密

变成了陌生的问候

知道世界很善变

没想到连你也变

我好怀念你最开始爱上我的那天

109

一个叫"回首向来萧瑟处"的人回复说：

说了别人不敢说的，做了别人想做的，至情至性，但很累，累人、累心、累情。飞蛾扑火，是一种壮举，它扑向了光明，哪怕只是瞬间。过程是美好的，结局怎样是我们无法预料的。回首向来萧瑟处，也无风雨也无晴。

一个叫"苍穹尽暗我心自明"的人回复说：

看过上面的，我笑了半天。建议楼主多了解了解男人的思维和想法。女人情感丰富，情啊爱啊感觉啊总是最重要，但男人的情感可能比较内敛。如果男人也感情丰富，要么会风流，要么会成情种。那时你会有另一番苦恼，可能他先于你红杏出墙了。男人总是无法满足女人，女人也无法读懂男人。当他追求你的时候，内分泌旺盛，甜言蜜语不断喷涌射击，但是激情过后，男人或许因为更理性，脑子里的化学物质下降到下身，而这些荷尔蒙继续留存在女人的脑子里，中和了女人的理智。所以男人重性女人重情。男人为得到身体而付出感情，女人为得到感情而付出身体。不是说男人无情女人无欲，只是有所偏重。其实，男女是真的有区别的。女人在爱情面前总是用自己心里的感觉去揣测爱情，而男人更多的是理性。女人在搞网恋时，一定会希冀那份感情虽然不结合，也要天长地久；而男人特别是有家室的男人，肯定是不会这样想的，他们受自己的激情控制，当没有得到的时候，一路狂轰滥炸，等追到了，没有了神秘感，并且似乎将成为不可能时，他们会冷静得很。男人在情感世界中的冷静让那些爱男人的女人生出多少的失落？所以推荐楼主去看一看女子良言：

1. 签订任何契约之前至少要看三遍，尤其是在签订最具挑战性的契约——婚约的时候；

2.在酒吧里遇见的男子就不要留电话了吧；

3.同事的恭维就像香水，可以闻，但不要喝；

4.多赚点钱，但不要多到谁见了你都要起疑心的地步；

5.人生即使有伴也是寂寞的，不如及早培养兴趣，中年之前，就种花养鱼；

6.诚实是一种美德，但也不必因此附和女友，与他一起抨击她的男友或老公，或与同事一起讨伐老板；

7.心情失落时，不要听悲伤的音乐，看悲情电影，还是泡在浴缸里喝杯红酒，或者约个女友爬山去吧；

8.若你的房间越来越素净，桌面地板不允许有一点灰尘，听到小孩吵闹的声音会心烦，每天洗手超过二十次……那你就看心理医生去吧；

9.获得智慧，需以青春为代价；

10.有望得到的，要努力；无望得到的，不要介意；无论输赢，姿态都要好看；

11.视爱情为奢侈品，有最好，没有也能活；

12.如果感觉椅子不舒服，就站起来走走；

13.不要和与你道德观不同的人有私交；

14.浪漫是一件晚礼服，但是你不能一天到晚穿着它；

15.别逼男人撒谎，他会恨你的，别把他的话当真，你会恨他的；

16.如果不幸你爱上的男子，有另一个女人，不要动"和她谈一下"的念头，见面都不必要，若是不巧碰见了也应该转身走人；

17.若无杀戮决断之天才，不要给人做情人；

18.男人对自己的好色，就像律师对待罪犯，明知有罪，也要辩护；

19.嫁大款，就像抢劫银行，收获很大但后患无穷，如果能不试，还是不试为好；

20. 对中年发迹且离异的男人的求婚，一定三思而行；

21. 如果男友的约会与工作档期有冲突，取后者，因为后者永远都不会辜负你；

22. 大事坚持原则，小事学会变通。

各位姐妹，此良言或不良言，取其能用者；看浪花泪花相拥相抱相依在堤岸，希望你们快乐，同时我也再说几句，有时候我们的眼前会一片漆黑，于是会因远方的那一点隐约的光明而狂喜。生命是一条河流，我们都站在水中，当你弯腰掬起一捧清水的时候，恰好自己就在手中。我们的生活便是如此，在现实的河流中逐水沉浮，或遇急流，或遇暗礁。我们只要留住属于自己的，把握住自己所能把握的，这就足够了。

还有一个叫"最后一片叶子"的人发帖子给她说：

婚姻是两个陌生的人走到一起，相爱容易相处难，激情过后，剩下的只有各自的性格和脾气。也许婚姻本来就是一种有缺陷的生活，完美无缺的婚姻只存在于恋爱时的遐想和骗尽无数痴男怨女的言情小说里。只有双方共同去修缮，婚姻才能逐渐趋于完美，而这首先就要学会甘于平淡。如何让自己甘于这种平淡？首先要学会的就是不断调整自己的心态。如果在你对你的他厌倦了、你们的婚姻中不再有浪漫和激情的时候，又或者你的生活中出现另一个他的时候，你会怎样处理？是走出围城还是默默忍受甘于现状？生活中有太多的诱惑，浪漫的情感是虚无缥缈的，而生活却是实实在在的，平平淡淡才是真！两个人走到一起，能百分之百适合的人很少，但能走到一起就是缘啊。佛说前世一百次的擦肩而过，才能换来今世一次回眸。如果你厌倦了你的他（她），那你就努力去多发现他（她）的优点吧，也许换一种心态看问题，你会明白很多事。不要否定婚姻，不要轻易放弃婚姻。懂得珍惜的人才会得到幸福，懂得珍惜真爱的人才能找到真爱。我在别的地方看到了对于"I LOVE YOU"的"另类深层理解"，看过以后我不得不承认，这种"另类的分析"其实很有道理——

I LOVE YOU 的真正含义：

I—Inject——投入

L—Loyal——忠诚

O—Observant——用心

V—Valiant——勇敢

E—Enjoyment——喜悦

Y—Yes——愿意

O—Obligation——责任

U—Unison——和谐

所以爱，就是投入、忠诚、用心、勇敢、喜悦、愿意、责任，还有和谐。

110

江筱月把这些帖子也是同样地看了再看，读了再读，分析了再分析，然后她又发帖子回复说：

本人知道自己有很多人性的弱点，现在让大家批得抬不起头来了。还好，有面具给我护着，这就是网络的神奇。网络中，大家可以畅所欲言，大胆放心地表露自己内心的东西，或高尚，或丑陋，那都没有关系，只要真实就好。我看我的愚蠢也正如大家所剖析的那样，别人把我看得很清楚，我却看不清楚别人。可惜我是个爱较真的人，即使那真相很残忍，我亦要揭开。

第九章 从检查手机到发现真相

111

江筱月在网坛上论帖的鼓动下，对很多事情的看法大大地改变了，于是杨伟就也在众人的帖子里突然变成了一个最爱江筱月、最能给江筱月安全感的好老公，江筱月甚至于把此前的冷暴力全忘记了，似乎一切都是她的错。江筱月决心珍惜这个家，珍惜这个好老公，在这种强烈想珍惜的心境中，江筱月突然意识到他们的夫妻关系需要好好地改善了，而夫妻关系无疑是改善他们夫妻僵化关系的最佳润滑剂。江筱月暗下决心，于是她早早地回家，准备了一桌子丰盛的晚餐。可那天晚饭时，杨伟没回来，他说有个应酬。

江筱月不禁感觉有些扫兴，不过她也没往心里去，而是收拾利索后，就去洗澡。这时杨伟回来了，江筱月在卫生间里听见他回来了，就温柔地叫他说："热水器没有关，你也进来洗个澡吧。"

她说完后，就等着接下来上演的戏码，可是杨伟根本没回应，江筱月还以为他没听见，就又重复了两遍，不过声音一次比一次更没劲、更失望、更伤心。

江筱月自己一个人伤心失望又没劲地洗好了以后，从卫生间里出来，此刻的她在心中暗暗告诫自己，不要任性，不要任性，于是江筱月温柔地对杨伟说："你去洗个澡吧，睡觉舒服些。"

杨伟坐在沙发上看电视，随便看了她一眼，面无表情地说："我昨天晚上洗了。"

江筱月尴尬了半天，一边收拾干净卫生间，一边把头发吹干，一边把床铺换上桃红的床罩、枕套，以及这一套相应的床上用品，诸如桃红色的被子什么的。心理学女博士江筱月很明白营造环境的重要性，这种桃红色是一种符号，无声地向杨伟暗示着。一切弄好后，江筱月再次向他妩媚地笑了笑，说："十一点了，还不睡？"

"这部电视剧很好看，我再看一会儿。"

江筱月一扭一扭地走到他身边坐下，陪他看了一会儿，又柔情脉脉地说："我去睡了。"

"你先睡吧。"杨伟的声音是毫无情绪的。

江筱月的自尊心再也受不了，她强忍住不悦走进了卧室，一个人躺到床铺上，望着天花板。半天，她的情绪平复了，她的理智又在暗暗告诫她，于是江筱月决心一定要达到自己的目的，改善夫妻关系，直到重新甜蜜如初。江筱月在等待杨伟回来睡觉。过了半小时，电视剧播完了，杨伟懒懒地上了卫生间，然后走进卧室。

当杨伟躺下后，江筱月主动转过身来，搂住他。这要在平时，杨伟会迫不及待地去抚摸她，可是，今晚他没有这样，相反他轻轻地把她的手拿开，继续面无表情地说："这样睡不舒服。"并不是小青现在肯满足他，而是杨伟发现自己现在对这方面的要求真的低了、少了。

江筱月在心里叹息了一声，暗问自己，他这是怎么了？我的身材和皮肤还远没达到黄脸婆的水平呀！那是不是因为我平时对他冷淡，让他对我有了怨恨，故意报复我？她于是复将手搭在他的胸脯上，温柔而挑逗似的说："这样舒服了吗？"

杨伟默不作声。

"说话呀！"

杨伟终于微微一笑，懒懒地说道："这样子真不舒服，睡不着觉。"

江筱月于是不作声了，用手继续感受着他结实的肌肉和平缓的心跳。今晚，她是多么渴望来一场暴风骤雨，可是极要面子的她都如此这般了，他却就是死活一个模样。

静静的夜晚显得更清静，相互间能感觉到鼻孔里发出的呼吸声。杨伟和江筱月在各自想着心事。杨伟也说不清到底是他现在真的没有性趣，还是对江筱月尚有一点点怨恨，总之他明确地意识到自己对她再也没有以往的激情了。

杨伟没有拿开她的手。江筱月放下了自尊心，将手在他的胸脯上放了一会儿，就缩了回去，同时身体也转了过去，在这一瞬间，江筱月感觉心里一块巨大的坚冰在慢慢地形成。她忽然想起了三十岁的男子会变坏这句话。事实上，如今的社会上不是很多有一点地位、有一点钱财的中年男子拈花惹草，闹得满城风雨吗？有些甚至闹出人命来了。莫非杨伟也有外遇了？可是，一个有外遇的人，经常会夜不归宿的，而杨伟每天晚上都住在家里。她在脑海中仔细地翻查，也没发现他有什么可疑之处，于是她感觉到了稍许安慰。江筱月在这里是被自己的智慧欺骗了，要知道她足足有四年没有同杨伟生活在一起，杨伟天天晚上都回家不过是个假象，他要么是趁着白天与小青偷欢，要么就是小青根本不留他，还有就是他天天晚上都回家其实才不过是从江筱月学成回来的情人节那天开始的，持续到现在才不过半年。

　　不过江筱月还是有一点不放心。后半夜了，江筱月一直没睡，听杨伟睡熟了，她悄悄下床，将杨伟的手机打开，查看他手机上的信息。手机上的信息就几条，而且都是别人转发的笑话之类，没有可疑之处。于是她心里好受多了，她想，他今晚可能是真的累了，没性趣，所以才这样对我的。就在此时，杨伟在迷迷糊糊中看见江筱月在查看他的手机，想起前几天小青发给他的一条情意绵绵的短信息。小青就是这样，她虽然不肯满足杨伟，却一时杨伟不与她联系了，她就会给杨伟打电话或发短信，情意绵绵，让他欲舍太难，欲近也不易。看现在杨伟对她的性趣渐渐淡了，小青也正在琢磨要不要再如以前那样让他满足呢。

　　杨伟猛然惊醒，伸手夺过手机，生气地说："你怎么能查看我的手机？"

　　"看一下手机有什么要紧？"江筱月说。

　　"这是我的个人隐私，秘密！"

　　"对我也要保密？"

　　"那我以前看你的手机，你不许，还说你的手机里存着很多重要领导和知名学者的电话号码，属于一级机密？！"

　　江筱月一时语塞。因为她当时真的怕那些于跃龙与她互发的短信被杨伟看见，而她又不舍得删除，这一点女人与男人不同，尽管为了保存于跃龙的那些短信，江筱月提心吊胆，可她就是舍不得删除；但尽管同样的舍不得，杨伟却做到了删除小青的短信，女人就是与男人不同。

　　杨伟见她没有话说了，就打开手机，用手机背面对着她，查看手机里的信息。他发现原来今天下午五点钟时，小青发来的那条极露骨的短信已经不存在了，这才想起自己在收到后虽然读了好几遍，但在进家门前还是把它删掉了，只不过刚刚按下删除键，就有一个电话打了进来，还是件非常急的事，弄得他就把删除这条短信的事给忘了。刚才想起来真是惊出了一身的冷汗，好在一切都是让他满意的结果，于是杨伟心里不禁窃喜非常。而江筱月觉得自己理亏，就尴尬地笑着说："我是开玩笑的，我相信你，真的。你也知道，我总是失眠，所以就拿你的手机玩，说不定能有什么好笑话呢。"

杨伟已经在心里不把她当老婆了，懒得管她的事，转身就睡去了。

113

那一天下午，杨伟把小青约到一个茶楼的包厢里。粉红而柔和的灯光下，摆着一张玻璃方桌，四条长布沙发，红绒墙壁上挂着一幅海边风景画，穿着比基尼泳装的金发女郎让杨伟有些心驰神往了，他沉寂了这些时日的东西又开始了雄性的不安。小青穿的吊带背心连衣裙非常地轻薄柔软，她坐在杨伟对面，身体往沙发靠背上斜斜地躺着，杨伟靠过去，抱住她，然后一阵狂吻。几分钟后，他还想得寸进尺，小青却猛地推开他，佯装生气地说："这是喝茶的地方，别乱来！想的话，就赶快买下房子，给我把店办起来。"

杨伟正是火气高涨的时候，突然被人泼了一盆冷水，实在扫兴得很，杨伟沉默了。小青见他不说话，继续责备地说："你就只想着动手动脚，没有别的话说了？哪个男人不永远都是吃着碗里的看着锅里的，我算是看透了。"

杨伟不冷不热地回了一句："你的'哪个男人'也都是这个样子吗，就没有个例外的？"

小青愣了一下，马上就无比委屈起来："我的哪个男人？什么哪个男人？天知道，我自从跟了你，就再也没和任何一个男人来往，我是一心一意地想跟你一辈子。可你呢，都这么不明不白的好几年了，我知道你为难，可再为难也得解决呀，是事情就总有解决的方法。鱼和熊掌不能兼得，很显然你不想因为我而离婚，不管你与你老婆的关系怎么样，那也不是因为我引起的，我只是你平淡婚姻中的一个调味剂！"

114

杨伟感觉喉咙里干干痒痒的，他端过茶杯喝了几口，小青的眼泪就流个不住，杨伟就又心软了，男人对于自己喜欢的女人总是会很心软的，尤其是见了她的眼泪以后。

哄好了小青后，杨伟正以为万事大吉了，不想小青却忽然提出要去河南老家接她的姐姐来青岛。杨伟不觉问："咦，你姐姐那么大的人了，怎么还要你去接她来青岛？"

"唉，我姐姐出了麻烦。"

杨伟吃了一惊，不禁急得脱口问道："什么麻烦？"

"你还是不知道的好，烦死了。"小青一看杨伟这么轻易就进了圈套，不禁在心里暗暗说，男人啊男人，你们一用下半身思考，智商就等于零。

"是吗？这么严重！那你一定要告诉我，不然我不放心你啊！"

小青故意皱了一下眉头，一副不愿意杨伟担心却又不得不说，因为那样杨伟会更加担心的为难状，叹了口气说："那好吧，我告诉你，省得你担心。几年前，她离婚了，然后就在厂里找了一个本市的男朋友，可是，她的这个男朋友没多久，就不知什么原因被开除了，开除后他就整天待在家里不去找事做，靠着我姐姐的工资生活。我姐姐才六百多块钱一个月，要吃要穿要付房租，哪里够用？每天只吃两顿饭，生病了都没钱上医院。叫男朋友出去找事做，他不肯，于是他们就经常吵架。我姐姐提出分手，可是她那个男朋友死活不同意，还威胁说什么'如果你敢跟我分手，我就去杀了你们全家'！"

"哦，那你去接她的时候千万要小心！"

"你放心，我知道的。"

杨伟从皮包里抽出一沓钱递给她说："这是五千块，够吗？"看小青只是嫣然一笑，不说什么，杨伟知道太少，于是又加上了两千，可她还不肯点头，于是杨伟就把他的银行卡给了小青，那上面至少有好几万呢，因为他身上再也找不出现钱了。

"够了，伟哥，只有你对我最好！"小青咴咴地笑着在他的脸上亲了一口，一边麻利地将钱和银行卡装入她精巧的小提包内。

杨伟顿时感到一股暖流涌遍全身，幸福地闭上了眼睛。足足沉默了一分钟，突然意识到什么，才睁开双眸，握着她柔软的双臂，忧郁地说："你一个漂亮女孩子单独出远门，我真的不放心。"

"我以前不也单独出过远门吗？不会有事的，你放心好了。"

"那你到了河南老家要给我打电话啊。"

"好，我到了郑州就给你打一个电话，到了河南老家再给你打一个电话，这总可以让你放心了吧。"这时，小青的手机响了，是老板娘打来的，说生意忙，叫她快回去。

"今儿一别，何日才重逢？"杨伟舍不得她走，无限忧伤地望着她，请求她再待一会儿。

小青柔情无限地安慰他说："别这么苦着脸好不好？我又不是不回来，我过一个星期就会回来的。"

"那你尽快回来啊！"

"会的，你放心。"小青又轻轻吻了杨伟一下，然后挽着杨伟的胳膊往包厢外面走。

小青走后的当天傍晚，杨伟估计她已经到郑州三小时了，应该打电话回来的，所以他几乎一刻不停地去看手机的来电显示屏。这时一个外地长途电话打了进来，区号正是河南省郑州市的，不过还没等杨伟接起来，对方就挂断了。杨伟的直觉告诉他，这个长途电话肯定是她打来的，尽管杨伟的心里有些疑惑为什么她不用手机打，但杨伟马上按照对方的号码打了过去，却不料传来了一个男人的声音，对方问："你是谁？"

"我是小青的一个朋友……"

"什么小青，我这里没什么叫小青的！"

呵，对了！杨伟到这个时候才想起来，两三年了，他其实一直还不知道小青的真实姓名呢。他才想解释点什么，可他的话还未说完，那边马上就挂断了。杨伟以为出了什么故障掉线了，于是又拨了一次，对方却关了机，看样子那是一个当地的小灵通号码。杨伟既气愤又疑惑，对方为什么不接电话呢？他究竟是小青的什么人？显然这个电话和小青有关，不然不会这么巧，小青刚去郑州，在郑州从没有朋友的杨伟的手机上就出现一个郑州的电话。莫非他是小青的一个隐蔽的男性情人？对，应该是！要不然她现在怎么一直对我冷落，看来她是另有所爱了！

杨伟后悔不已，眼里的泪水也在伤心地打转。他那么倾心相爱的人竟是一个爱情骗子，他所有的自信心竟然有一种被彻底摧毁的感觉。杨伟一直以来觉得自己是一个优秀的男人，头脑是那么智慧，目光是那么敏锐，绝不会在女人面前栽倒，如今竟然被一个二十岁出头的黄毛丫头给骗了。我真傻，当时怎么愚蠢地迷恋她的美色，不想想她美丽的外表下面卑鄙无耻的内心啊！

这个晚上杨伟想了很多很多，一直到下半夜才昏昏入睡。

不巧的事情偏偏就在此时发生了。杨伟和小青他们俩从茶楼里出来，刚好看见江筱月单位的工会女干部李福香从人行道上经过。李福香惊讶地看了他们一眼，装作没有看到的样子，转过脸，很快地走开了。当时杨伟还以为她真的没有看到，并为此而沾沾自喜。

谁知第二天上班的时候，李福香就将杨伟与一个美丽年轻女人挽着胳膊亲热同行、看样子是刚刚在茶楼里约会的事向江筱月告了密。江筱月听到这个消息时惊得瞠目结舌，怎么可能啊？自从认识杨伟的第一天起，他就是那么忠诚、那么老实，每天晚上又是准时回家的人，怎么可能与别的女孩约会？可是，李福香不过是江筱月手下的一个工会干部，她敢欺骗即将成为他们学院副院长的江筱月吗？别人说三十岁的男人会变坏，莫非他什么时候变坏了，只是自己一直被蒙在鼓里？联想起杨伟对自己的冷落，她肯定李福香说的是真的，丈夫有外遇了。

杨伟下班回来，江筱月劈头就问："杨伟，你昨天下午上哪去了？"

"我没去哪儿呀，我在单位午睡呢。"

"你不要骗我，有人看见你跟一个女孩子在茶楼喝茶！"

杨伟吓得直冒汗，他想，不承认是不行的，就说："哦，我记起来了，我昨天中午是去街上遛了一圈。在一家茶楼碰到过一个女孩子，说了几句话，并没有进去喝茶啊。"

"那她是谁？"

"她、她姓王，是个报社的见习记者，以前采访过我，所以这次碰见了，就礼貌地和她说了几句话，没什么呀。"

"哪个报社的？日报还是晚报，还是《半岛都市报》，或者早报什么的？"

"报社就报社，你非要问得那么清楚？我们又没什么。"

"有什么也好没什么也好，你必须告诉我个明白！我坦白地告诉你，你今天要是不说出来，我们就离婚！"

"离就离，谁怕谁。"

江筱月非常激动地说："杨伟呀杨伟，原来你早就在外面有女人了！你真的变坏了！我没法跟你过下去了，你滚出去！"

离婚对小青来说是巴不得的事情，她早就盼着杨伟早点离婚，早点买房子开店，与心爱的男人在一起过着幸福快乐的日子。杨伟现在的心理也和她差不多，但是，他还是想在离婚前坚决不让江筱月知道他跟小青的事，因为这关系到离婚财产的判决。所以，他虽然在心里很高兴，但是，表面上却是伤感痛苦，并且坚决表示出无辜的反感来。所以，他没有马上回答老婆的话。

江筱月以为她的话奏效了，把他吓住了，就又问："你说，她是哪个报社的？如果你们真的没什么的话，会怕我知道吗？"

"可是，我告诉你她是哪个报社的，你去报社一闹，那我跟她没什么事也变成有什么事了！"

"你狡辩！我不跟你说了，我们明天离！"

杨伟看见江筱月气呼呼地走进书房里，只听到搬椅子，拉抽屉，又是一阵噼里啪啦敲键盘的声音，然后就是"唰唰"的打印纸张的声音。杨伟估计她是在写离婚报告。果然，一会儿，江筱月就拿着两张纸和一支笔出来了，用力地拍到杨伟面前的茶几上，说："签字吧！"

杨伟把离婚报告拿过来看了看，说："那财产怎么分？"

"房子归我，家具归你。"

"那存款呢？"

"存款？你还想要存款？你说，你给过我多少钱？"

"可是，平时家里吃的用的都是我的钱啊！"

"那我给你炒股票的十二万块钱就不要了。"

"那其他几十万的存款就是你一个人的？还有，房子归你，我们家最值钱的财产就是那几套楼房了，现在能值两百来万呢，怎么能全归你？我要那些破家电家具有什么用？"

"那是我挣的钱，关你什么事？"

"法律上说夫妻财产是共同所有的。再说了，什么叫你挣的，是我杨伟有眼光我们现在才有钱的，不错，当时你娘家是出了不少的钱，可我也早还上了。所以现在的房子、存款都得对半分。"

"那就由法院来判决！男人是这个世界一切罪恶和痛苦的制造者。"

杨伟气愤极了，将离婚报告撕了个粉碎："没那一说，我告诉你，无论以何种名义指责男人，都不能洗脱女人应负的责任。女人首先是人，其次才是女人，女人要对自己的社会行为负责。人的劣根性，总得有市场、有土壤才得以实现，这市场，是谁提供的？这男人有那么一点劣根，难道女人没有吗？"

杨伟说完就甩门而出。听见江筱月在后面喊："好呀，杨伟，你有种就永远别回来！"

江筱月说完以后，突然对自己有种陌生感，她居然能说出这样的话来。这种陌生感越来越强烈，她甚至怀疑刚才说这话和做这些的人是不是自己，是的，那是一个让她陌生的江筱月。其实在江筱月的心里，自从与于跃龙被迫分手后，她那原来就有的自责感越发浓了，可以说她现在几乎无时无刻不在自责自己是一个坏女人，居然也能做出这样的事来！可是当她听说了杨伟可能也有婚外情的时候，一个让她自己都感觉陌生的江筱月就冒了出来，这个陌生的江筱月不顾自己曾做过什么，完全以一个好女人自居，理直气壮地指责仅仅是可能有婚外情的杨伟！

江筱月感觉这个陌生的江筱月真是个坏女人，而且是一个虚伪的坏女人，江筱月发现现在她的圣洁与高尚也越来越渐化成美丽幻影，并且在她不知不觉间就飞走了。江筱月感到了彻骨的痛苦。这种多年来通过阅读诗歌散文、欣赏书法石刻陶冶而成的所谓人类高尚的人文情操，早已在现代都市里那熊熊的欲火之炉中化为乌有。江筱月木然呆坐在窗前，半天她才注意到远处正是一片混沌的天空，而她此时的体内却是什么感觉也没有，她就是那么木然地坐着，感觉陌生江筱月的可怕与无耻。许久，许久，江筱月在心里大声呐喊着，不，不能这样，江筱月不是这样的，是的，我必须努力，甚至我可以用我的生命，来找回那个原本的我，让那个陌生的江筱月死去吧！

第十章　从绝情离婚到旧情升温

117

婚离得太容易了，说离就真的这么离了，容易得出乎江筱月的意料，那个陌生的江筱月果然没有再出来做什么，她还是能管住自己的；当然最出乎意料的还是杨伟。因为离得太容易，他们离婚的事甚至没有向双方家里的任何一个人打过招呼。当然他们的家庭格局也没有太大变化，只是杨伟搬出去住，而江筱月仍旧住在他们一直生活的那栋房子里。每周末江筱月还是一如往常把孩子接来家里住两天，因此杨伟的父母和妹妹谁也不知道他们已经离婚的事实。

在财产的分割上，江筱月虽然吵架时那么说，可到了真正走到离婚的最后程序时，她的学养与修养就开始发挥作用了，江筱月开始表现得平静而冷淡。但事实上，说心里话，在江筱月赌气同意将他们夫妻财产一分为二时，她还以为杨伟不过是受了冤枉一时气急了才同意离婚的，等到两个人分开一阵后，他体会到自己的好，反思一下两个人的婚姻现状，无边的冷漠与寂寞让冷暴力把这个家庭变得毫无幸福可言；然后一切就会如江筱月所希望的那样，幸福甜蜜与温馨又回到她的家里来。可是没有，杨伟在离婚后，就再也没有同江筱月联系过。

日子就这样平平淡淡地过来了，虽然江筱月每走过一处街道都在尽力地想寻找他的踪迹，每次看到黄色的车就紧张兮兮（因为他的车是黄色的），每天回家就拿着他过去的东西发呆，但是江筱月想，或许就这样了，此生我和他已经擦肩而过了，不会有机会再续前缘了。渐渐地，江筱月开始习惯了这种感觉，是的，与杨伟的感情已经死亡了，没有必要再让死灰复燃。

118

这个时候，青岛寒冷的冬季开始了。江筱月的心境也寒冷到了极点，虽然这只是刚刚进入十一月的时候。寂寞中的江筱月下意识地在一个失眠的深夜里打开了所有的她曾经和于跃龙的聊天记录，她当时只是一种排遣的心情，因为她自以为已经从这份情感的折磨里走出来了，可是事实上，她发现自己好没用啊，仅仅因为看了看这份聊天记录，江筱月就再次崩溃，她甚至希望自己在那一刻死去。生又何欢，何如一死！这个念头像一道魔咒般在江筱月的脑子里转，以至于今儿一整天她都神思恍惚。江筱月在心里骂自己，你真是让人心痛、让人心酸也让人讨厌，人家已经是爱过了，你为什么就不能也一样地爱过就过了？现在你应该好好地爱自己。可是江筱月什么道理都明白，却就是做不到。

忘记你，我做不到，如果爱是痛苦的泥沼，那就让我们一起逃，可是我逃避得了吗？寂寞的深夜里，往事疯狂地在我的脑海里转，就像一列脱轨的列车！

晚上下班回家，本来打算做晚饭，江筱月把锅放在了炉子上，可打开炉子后，她竟然就神情恍惚地回到了房间，直到已经满屋子的烟，江筱月才惊觉，原来炉子里的火把厨房里的柜子和窗户都烧着了。马上整

155

栋大厦的报警器就响了起来，邻居们来了，物业管理员来了，消防车也来了……江筱月被几个全副武装的消防员好好地盘问且教训了一番，好在损失不大，再加上江筱月态度好，她不停地道歉，并保证不会再有第二次，然后在邻居们和物业管理人员的不满中，才总算是把房门关上了。

关上门后，江筱月在满屋子的烟雾中，放声大哭了起来。忽然一个强烈的念头攫住了她，自杀！但心理学女博士江筱月马上就想起来抑郁症很容易让人自杀的说法，于是江筱月管住了自己自杀的冲动，并且第二天江筱月还去看了心理医生，尽管她自己是心理学博士。不管这个个体心理诊所的心理医生如何费尽心思，如何把道理掰开了揉碎了地讲，对江筱月也不管用，因为这位仁兄说的还不如她自己在课堂上讲的精彩。不用说，江筱月只看了一次心理医生就再也没去过。

119

晚上江筱月一个人回到她的家,寂寞立刻就在她开门时便扑面而来，江筱月边暗暗地告诫着自己，边忙着吃了饭，然后总天真地上网去玩游戏，并且玩得很开心。现在江筱月下班回家，吃罢饭几乎什么事儿也没有，杨伟是不可能再回来吃饭了。而孩子平时总在婆婆那里，刚刚离婚时江筱月曾差不多天天把她接到自己家。当然离婚前，江筱月也是只要有时间就把孩子弄到身边来教育她知识和道理，可是这个小人儿就是喜欢待在她奶奶家，因为她怎么也不能习惯母亲的严厉。江筱月因为现在心情实在太糟糕，就也懒得管她，这时候，江筱月也想到了责任心的问题，是的，自己是一个不合格的母亲，当然她还不忘在心里指责自己，不仅仅是一个不合格的母亲，同时也是一个不好的妻子，一个坏女人。

江筱月没想到于跃龙也在线。他们有一句没一句地聊着，分手后的江筱月因为是自己一开始就将他们的关系定位在可以分手的这一点上，因此，现在的江筱月不管多么伤心，也无权向他指责什么。一切都是自我选择，双方不负任何责任，这就是玩，这就是现在都市里的情感游戏的规则。江筱月这样告诉自己。

忽然，江筱月看到于跃龙的另一个账号登录了。江筱月很诧异，因为一个人是不可能同时登录两个账号的。于是江筱月就问他。于跃龙根本不想瞒她，直截了当地说是他刚刚谈上的一个女孩子在玩。

江筱月一下子愣住了，然后江筱月木然地点了那个头像一下，因为江筱月是这两个账号的好友，所以她当然只有傻愣愣地看着他们俩在那里聊天，就好像她和于跃龙之间什么都没发生过。当然，于跃龙和那个女孩子也没有说什么亲热的话，但这也足以刺激敏感且伤感的江筱月了。后来，于跃龙去吃饭了。江筱月本来想给他打电话，可是就在江筱月跳出游戏前一秒，一个念头突然冒了出来。

江筱月敲过去两个字：你好。

对方答：不是本人。

江筱月说：哦，你是他老婆吗？

对方答：嗯。

江筱月说：哦，好羡慕哦，你老公一定对你很好吧？

对方答：嗯，呵呵～～

江筱月说：你们什么时候认识的，你们的关系很好吧？

对方答：你想知道什么？说出来你别伤心，我能感觉到你一定是个女人……

　　江筱月连连否认，说自己是个雄性十足想女人的于跃龙的同事。那个女孩子果然上当了，于是江筱月得以心怀叵测地一句一句跟这个女孩套着近乎，不着痕迹地套出她想知道的事情。但随着话题的深入，江筱月的手脚开始冰凉，一直冷到心里头，凉得心都木木的。从这个女孩的回答，江筱月看出于跃龙现在跟她提过不再做游戏里的老公老婆，而是想结为法律意义上的真正夫妻，这个想法是真实的，跟当时他对自己讲的不是一回事。并且他们的热恋正是在江筱月与他异城相会和以后的三天夫妻的那个阶段。不过，看得出来，当时他们的关系一般，根本没有上过床。

　　说了再见，江筱月有些诧异于自己竟然如此卑鄙地去利用这样一个天真的女孩子刺探于跃龙，江筱月感慨自己竟然堕落到这个地步了，同时她更加感慨并且痛恨自己，她认为自己很下贱，自以为于跃龙与自己是什么爱什么情的，其实只不过是充当他肉体需要的一个工具而已！

　　一种强烈的受侮辱的感觉让江筱月毫不犹豫地给于跃龙打了电话。于跃龙并未给她解释什么，而是很聪明地说："江筱月，你既然已经不信任我，我也没什么好说的。"

　　两个人的话越说越僵了，突然，不知道哪里冒出来的勇气，江筱月决定把一切摊开来说，江筱月模糊地感到，摊开来说，就是破釜沉舟了，一旦开了口，就再也回不了头。

　　江筱月从来没有直接问过于跃龙究竟对自己和他的未来有何打算。现在江筱月终于问了，她甚至告诉他，自己已经和老公离婚了，是为了和他在一起才离的。江筱月是不勇敢的，但是走到了这一步，不得不去直接面对，无论答案是什么。

于跃龙终于告诉江筱月，他爱她，但他并没有承担未来的勇气，也并未非常认真地想过要和江筱月厮守终生。他当时所想的是，江筱月现在在寂寞中，需要他，等江筱月与丈夫和好如初，自然就不需要他了，那样他再退出，说得好像他对此付出了多少似的。

　　"会有人替我来照顾你。"这是他说的最后一句话，江筱月简直不敢相信这是真的，但真相就是如此残忍无比的。

　　爱一个人，并不一定要拥有。这句话，有很多人都在这样说。可是在这天晚上，她才真正明白，这话根本就是 shit！她不想这么粗俗，可是，这是她真正的感觉。这样说的人，不过是阿 Q 式地安慰自己或者别人，不过是一个借口。两个人相爱，自然要执子之手，与子偕老。

　　江筱月感觉自己的心，一点一点死去了。"生亦何欢，死亦何惧。"那一刻，江筱月想到了这句话。如果能够在那样疯狂且缠绵的一刻就此死去，未尝不是一种幸福。江筱月知道，于跃龙的爱是真实的，但爱得并不深也不纯。这就是真相。

　　江筱月突然平静了下来，仿若在那一瞬间苍老了，今生，再无力言爱。

　　为什么老天总是这样捉弄我？让我永远无法在对的时间对的地点遇到对的人？难道老天就是要用这种方式告诉我，我的愚蠢，会导致我遭受惨痛的惩罚？但是，所有的所有，都已经太晚了，无可挽回了。做错了决定，就要为之付出代价。

　　江筱月当时赶赴烟台的仓促决定，让江筱月注定要痛失这一份可以坚守自我道德底线并引以为精神支柱的东西。是的，她痛失了爱也痛失了自我，现在的江筱月真的是一无所有，在香港时她的坚守让她自豪，可是现在，丈夫的冷落、情人的绝情让她变得什么也没有了。

　　杨伟在离婚时，曾经对江筱月说："以后我们会如何，那就看缘分吧。"但是杨伟却在有意识拒绝再回到从前的生活中，他在江筱月于香港攻读之时，曾经在小青的要求下不想离婚，因为那时他心中的妻子是大学时代的纯情少女江筱月。可是当江筱月真的回到了青岛，真实的现代的女博士江筱月是杨伟所陌生的，并且他也不再留恋了，终于他与江筱月勉强维持了几个月后，到底还是离婚了。不想离婚后的杨伟，却开始在感觉自由轻松了一阵子后，一下却因轻松而感觉虚飘飘的了。这以后，他在空虚中飘浮得好累，他想找个支点降落，可是这个支点，显然不是小青。他现在与小青在一起感觉特别没意思，小青不是逼他赶快与自己结婚，就是让他拿出钱来给她开店。杨伟于是对于与小青从前在床上的疯狂功课越来越感觉乏味无聊，他越来越感觉自己不行了，尤其是小青总在他关键的时候喊停，如果杨伟不答应马上与她结婚或者说拿出钱来给她开店，小青就毫不留情面地对着正"性"致高涨的杨伟喊停。以至于后来几次，小青也意识到了自己错误的可怕之处，于是她也极力配合，但杨伟却形成了习惯性的紧张，他感觉自己越来越不行了，于是杨伟不仅不答应同小青结婚，而且连同她见面也失去了以往的热情。

　　到这个时候，杨伟才发现自己对于小青的爱其实最物质化，情既然只是一个幌子，那么他们之间的实质不过一个性。但杨伟并没有如江筱月那样上网发帖子倾诉，但他的处境和心境其实也如同当时的江筱月一样，只不过需要作一个性别转换而已，将网虫们对"她"所说的换成"他"就行了，那么他们说江筱月的那一套话，在杨伟那里就完全成立。于是在虚空中悬浮得好累好累的杨伟整天在回想从前的事，包括童年和中学时代，当然最多的还是大学时代与江筱月的天天天蓝日日日暖的日子，这种回想几乎是不可遏止的，完全是下意识的。可是杨伟在极度郁闷之中，给自己的手腕上戴了橡皮筋，这样他每次想给江筱月打电话时，就狠劲地弹自己一下，以使自己在疼痛中强忍住这个想法，因为杨伟不想再让她烦自己了，他对那种没滋没味充满了无边寂寞的婚姻生活实在厌倦了。

122

杨伟在与江筱月离婚后的几个月，正是 2005 年来临时，又临近过年了，看人人都在单位分年货，往家办年货，那种家的感觉让杨伟对江筱月本来就由于回忆过去而强烈起来的思念越发地强烈起来。

杨伟一直有个 QQ 账号，很多大学同学都在那上面，离婚前杨伟一直不怎么上，离婚后晚上有时无聊就上去和旧日的大学同学聊聊。一天晚上，杨伟遇到了一个同学，谈起了近况。杨伟沮丧地告诉了他自己离婚了，他很惊讶，因为他是亲眼见过大学时代杨伟和江筱月两人如何爱得死去活来不顾一切的。在听杨伟唠叨完以后，他极力劝杨伟，再去找江筱月争取一下，他还帮杨伟出了些主意。就这样一直说到了凌晨三点，那个热心的同学才去睡。杨伟也去睡了，但他没有关电脑，也没关QQ。

123

这一觉就睡到了第二天中午十二点多，起来以后，杨伟第一个动作就是又坐到电脑前打算随便看两眼，就到外面找点吃的。就在这时候，忽闪了一下，江筱月的 QQ 登录了。江筱月到了香港后，因为从香港打往内地的长途电话太贵，而内地打往香港的长途电话也同样不便宜，于是杨伟就常与她在 QQ 上聊天联系。

在离婚以前，准确地说是在江筱月去香港前，在他们感情很好的时候，他们经常走在路上会开玩笑说，如果以后我们离婚了，那我们两个人再在路上相遇，大家会有什么表示？然后当时的他们还好玩地模拟了很多可能的场景、细节和故事，江筱月／杨伟，你最近怎么样？孩子怎么样？等等，模拟结束后，两个人就总是会好玩地哈哈大笑。

但当他们真的离了婚以后，他们共同生活的城市虽然很大，但也总不过是在一座城市里，杨伟一直很怨恨，老天爷为什么不安排他和江筱月相遇，哪怕只有一次。杨伟从来没有想到，竟然会在 QQ 上遇到江筱月，虽然他知道她上班的时候会开 QQ，但杨伟在单位不能上。晚上在家能上，可她在家里从来不上，并且杨伟曾经在离婚后开始怀念过去之初试图给她打过电话，当时因为种种变故，江筱月总是把电话掐掉了。于是杨伟也已经忍住两三个月来，一直没去骚扰她。

我该不该和她说话？她会不会理我？想了一会儿以后，杨伟怯生生地打了两个字"你好"。真没想到，杨伟吃惊自己会对一个在一起十五年、结婚六年、离婚三个月、身心都如此那般熟悉的人说出那么礼节性却极陌生的两个字。马上杨伟又说：你现在还好吗？

心境凄凉得已然是结冰状态的江筱月毫无表情地回了两个字，说：还好。

看到江筱月的回应，杨伟立刻受到了很大的鼓舞，马上又打过去几个字说：你夏天的衣服放在咱妈那儿，你去拿了吗？

江筱月说：还没有。

杨伟说：有时间，出去玩了吗？

江筱月说：没有。

162

杨伟说：没想到还能在这儿遇到你。

杨伟说：看到你登录，我的心跳马上 120 下。

江筱月说：呵呵。

杨伟说：唉！

杨伟说：在上班？

江筱月说：是的。

杨伟说：工作顺利吗？

江筱月说：还可以吧。

杨伟说：最近身体好吗？胖了还是瘦了？

江筱月说：好，应该是胖了吧。

杨伟说：汽车养路费交了吗？我听说你现在也有单位配给你的专用车了。

江筱月说：交了。

杨伟说：你喜欢的那只小狗皮皮的皮肤病又发了。

江筱月说：哦。

杨伟说：我其实不喜欢狗，可我现在想着你喜欢，就很记在心上，买了一大瓶药水，带回去让我爸给它打了。

杨伟说：480 块钱呢。

杨伟说：元旦那天我回家，它一见到我，就跑到我跟前嗅我，然后就跑进厨房去找水喝。

江筱月说：哦。

杨伟说：打四周要休息一周。

杨伟说：然后小狗皮皮跑进我们在去年情人节那天住的房间里，在那个大床下面挖啊挖，后来它竟然挖出一个球来，我当时都呆了。

杨伟说：皮皮的动作无比流畅。而且球是圆的，这意味着团圆，是不是？

　　杨伟说：那天的宠物节，你去了吗？

　　江筱月说：没有。

　　杨伟说：我给你写的信收到了吗？

　　江筱月说：收到了。

　　杨伟说：你爸爸的高血压好点了吗？

　　江筱月说：老样子，我前几天打电话问过。

　　杨伟说：午饭吃了吗？

　　江筱月说：在吃面包。

　　杨伟说：好好吃饭，早饭都吃吗？

　　江筱月说：一般不吃，一个人吃饭没意思。

　　杨伟说：要吃的。你现在一个人，生活要规律点，不要弄出胃病来。

　　江筱月说：随便吧！你照顾好自己吧。

　　杨伟说：唉，你就是这么个脾气。

　　杨伟说：没想到，还能和你在这里遇到。

　　杨伟说：我还以为这辈子，你都不再理我了。

　　杨伟说：昨天晚上和同学聊到了半夜，说了我们俩离婚的事情。

　　杨伟说：我大学同学就是咱们以前在大学里当老师，当时我们一个宿舍的那个。

　　江筱月说：我知道他。

　　杨伟说：我们直说到了下半夜。

　　江筱月说：哦。

　　杨伟说：对了，你的手链应该拿到了吧。

　　江筱月说：谢谢。

　　江筱月说：拿到了。

杨伟说：以前坏了那么久，我都没想到去给你修，真抱歉。

杨伟说：其实你说得没错，对你喜欢的东西我以前都不在乎的。

杨伟说：你放在咱妈那儿的衣服里，有一身还有标签的，是套夏装。

杨伟说：是前年秋天我买的，去年情人节那天你回来，我给你看了以后，你还挺喜欢的。只是因为当时天冷，你没来得及穿。

江筱月说：哦。

杨伟说：后来我们一直冷战，早把它给忘了，前两天我回去拿东西，看见了，心里好难受。筱月，这套衣服不是我现在新买的，所以你不要退给我。

杨伟说：你把手提包还给我，知道吗，那天我伤心死了。

杨伟说：以前我们说好了，离婚以后大家还是要给对方买东西的。

杨伟说：呵呵，也许我太幼稚了。

江筱月说：那个时候永远不会想到会走到今天这一步。

江筱月说：如果是好聚好散。

江筱月说：事情也许不会像今天这样。寂寞伤透了我的心，也让我对婚姻和家庭失去了信心。

江筱月说：你把你最近到国外考察时买的包送给别人吧，我看见你找的那个女孩子了，是很漂亮，也很年轻。

江筱月说：不要再乱花钱了。

江筱月说：我开会了。

杨伟说：好的。

124

江筱月离开了一小时，然后她又回来了，与杨伟又聊了近两小时，几乎都是杨伟问她答，后来渐渐没话题了，杨伟面对着屏幕，心里真的

165

有很多话想说，但是又不敢说、不能说。杨伟最想知道江筱月所说的那个年轻女孩子，到底是她在故意试探他，还是真的看见了小青，不过要说同小青一起出入公共场所，那是绝对没有的，至少这一两个月以来没有。其实在没有和江筱月联系的这两个月里，杨伟给她写了不少信，只不过是邮寄的那种，杨伟还把她以前最喜欢的手链修好了寄给了她，也分别在她阴历和阳历的两天生日里送了花。因为在离婚以后，有人说江筱月变得如何如何抑郁消瘦，所以两次送花杨伟都写上了因为他的错，虽然不能陪她过生日，但还是希望她能快乐之类的话，以此让江筱月减少一些离婚压力。杨伟一直认定这次离婚完全是自己的错，但受害最大的却是江筱月，她一定为此在同事和亲友面前太没面子了，其实不然，他们离婚的事，外界几乎没有人知道。

其实，在整个聊天的过程中，杨伟一直想问她，今天晚上有没有时间一起吃饭什么的，但是直到最后，他也没敢说出口。终于，江筱月招呼也没打，就下线了。

这个时候已经下午五点了，杨伟这才发现，今天到现在，他什么都没吃，还真没觉得饿。

这几个月以来，杨伟虽然还存在幻想，但他其实已经死心了，尤其是刚才江筱月与他不冷不热的谈话。杨伟想，江筱月或许是又找回了自我，她也许已经发现一个人生活比两个人在一起，要自由得多、快乐得多，所以她已经不愿意理杨伟的感情了。现在杨伟很想知道，江筱月理自己，是出于礼貌还是对他坚壁清野的政策开始松动了。

本来杨伟以为，在 QQ 上遇到江筱月，跟她打招呼，她不会理睬。在交谈以后，杨伟一直很害怕，害怕江筱月会说你以后不要再给我写信、不要再给我送花了，虽然她语气冷淡，但是她没有这么说。关于送花的事，江筱月只字未提，是碍于情面还是并不想拒绝我这么做？杨伟又想。

他只知道江筱月是一个性格很强硬的女人，但他并不知道并且将永远也不知道江筱月内心的痛苦挣扎，这种痛苦挣扎让江筱月认为自己不配接受鲜花和问候，离婚后的江筱月根本没有找回自我。

125

这件事以后杨伟一直在思考这个问题，时间就过去了一个礼拜。星期天，杨伟早上出门时走得匆忙，手机忘在家里了，一上午杨伟就在琢磨要不要回去拿。到中午他决定开车回去。回到住处拿了手机后，杨伟就开车回单位。这时杨伟开过一条五六米宽的巷子，远处来了一辆灰色的小轿车。因为江筱月现在的车就是灰色的，所以杨伟对这种车子也同样地敏感。直到两辆车越来越近，对方的车窗摇下，杨伟清晰地看见了他想看见的人，果然是她！于是杨伟也急忙摇下了车窗。他们离婚好几个月了，从来没有在路上遇到过一次，最近先是在网上邂逅，现在又在路上邂逅。他们什么也没说，甚至也没招一下手，但在开过的一瞬间，杨伟看着江筱月，她也在似笑非笑地看着杨伟。然后杨伟没有拦她，任她开走了，等杨伟再转身，车子不见了，此时杨伟的眼眶湿润了，不过她真的比以前胖了一点点。其实就在刚才那短短的一会儿，杨伟可能突然智商为零了，他想，我应该把她拦下来，请她吃饭什么的，唉，现在只有扼腕叹息，白白浪费了机会。

126

转眼又是一个礼拜过去了，这时已是新的一年的一月下旬了。那天晚上，杨伟突然很想江筱月，杨伟独自来到她经常经过的一座大桥上，吹着风，杨伟想，我只要能看见她的车在我面前开过，今天我也就满足了。可是直等到夜里十点多，也没有等到他想要的结果。杨伟怅怅然回家了。第二天中午，杨伟无所事事地在一个咖啡馆喝咖啡，打量着马路上来来往往的各色人等。突然，她的车又在杨伟面前疾驰而过。杨伟赶紧开着自己的车就追了过去。她的方向是去她自己的家，也就是从前杨伟与她共同拥有的那个家。等杨伟到那儿，她正在停车。

看到杨伟，江筱月好像有些惊讶。杨伟很绅士地说："刚好看到你！想约你吃饭，好吗？"

江筱月有些感动，她笑了笑，说："这几天都安排好了，没时间了。"

杨伟说："那你什么时候有空？"

江筱月说："改天吧。"

杨伟说："那你给个时间吧。"

江筱月想了想说："下个月吧。现在学校里还有些事忙，虽然学生和一般老师都放了假，可我还是很忙，好吧？"

杨伟只好点点头，心里很不是滋味地说了声再见。杨伟再次主观认定这是江筱月在敷衍自己，不过杨伟已经在期盼下个月的到来了。

127

江筱月现在根本不相信男人，在经过了与杨伟长达十五年的感情也终成空，而激情的短暂婚外恋也遭遇如此冷落后，她的心已经凉到了家。自从看了于跃龙跟那个她的对话后，江筱月的心态变化很大，她突然觉得男人都是那么可怕，需要的时候，当然一般都是肉体需要的时候，他们会海誓山盟，说得真真的，一旦满足了，他们就会一点情也不讲，这是真的可怕。江筱月甚至非常极端地认为所有的男人都不会真心爱一个人，现在杨伟其实根本就不爱自己了，他的关心只是一种礼貌与责任。而且这一认识让江筱月更加失落和抑郁，江筱月本来就已经很受伤。我的心碎了，比一只被摔到地上的珍贵瓷花瓶还要碎，江筱月想，破碎的心即使复合，也没有多大意义了，这种痛是不可能消失的。相互放弃吧，认命吧。

而杨伟却看前妻说话的态度如此冷淡，感觉他们的关系现在已经到了这种状况，她的回应都是在敷衍，如果不怕太受打击的话，那么杨伟基本上可以肯定自己是没希望了。因为杨伟听人家说过，女人是比较感性的，没有了感情，要单纯只靠诚心来打动她是不太现实的。有时还会适得其反，你越去接近她，只会让她越反感。

杨伟的同学也劝他，永远不要到失去后再呻吟，没用！男人是多情而长情的，女人是痴情而绝情的，你就好好理解一下这句话吧。记住，女人一旦寒了心，她们往往比男人还绝情，她们一直到死也不会改变的。女人比男人更绝情。

第十一章　从自杀到底线崩溃

128

新的一年到了，情人节自然仍在正月里，杨伟不知道江筱月在离婚后这段时间的心态如何，他们虽然离婚了，但表面上没有人知道，江筱月在每个星期天和星期六，照样去婆婆家领孩子，回到他们当初的家，这是离婚时杨伟同意她的。自从那天在网上聊天之后，杨伟就不断地求江筱月和他一起过这个情人节。

情人节的前一天，江筱月到婆婆家吃了顿饺子。这年春节的时候，江筱月对婆婆借口说自己要到国外旅游，说是学校的几位同事组织的。当时她婆婆也没有在意，时尚嘛！婆婆自以为并不简单却实际上非常简单地理解了这个问题。

正月初五在青岛的风俗里是要吃饺子的，在晚饭桌上，全家人围坐在一起吃饺子的时候，江筱月与杨伟的交谈很自然，与公公婆婆小姑子也相处很融洽，谁也不会想到，江筱月就将在不久后的情人节那天自杀。

那个日子杨伟将永远记得清清楚楚，一辈子都不会淡忘！那一天是情人节，那一天江筱月居然与自己的丈夫也来了个一夜情，在她毅然决然地自杀之前，然后杨伟就永远名副其实了。

情人节那天晚上，江筱月如约地来到了杨伟的住处，当然不是他给小青租住的房子，而是他们共同为发家致富而买下的一户商品房。

杨伟和江筱月说好了今天要庆贺一下，庆贺一下今年的情人节。他们席地而坐，中间摆着江筱月买来的大蛋糕，上面写着："Where there is the dream，there is the home."（哪里有梦想，哪里便是家。）

江筱月正小心翼翼地把各种颜色的烛条一根一根地插在蛋糕上面，好不容易数够了九十九支，她满意地站起身来关上灯。

杨伟在黑暗中忽然感觉一切都那么熟悉，他们曾经生活在一起的岁月，当然是夜晚最多的。于是杨伟温柔地紧抚住她的手，虽然如同右手握左手，但那份夫妻间的亲情感似乎要强过瞬间就消失的情人式的疯狂与激情，在那一瞬间，杨伟的心里好感动。江筱月却无声地于黑暗中笑了一下，黑暗中，她的表情非常复杂，正如她的心情一样。

黑暗中点亮了九十九支小蜡烛，室内一片柔情与浪漫，江筱月许了个心愿，她不是无声的，而是有声的，她说："如果有来生，我宁愿做一颗石头，最好还是海底的。一千年、一万年，我可以沉默地看着这世间沧桑，再也没有什么力量能够伤害到我，而我不会有什么罪恶感，我将以一颗赤子之心纯洁地坚守着自我。我不需要什么，是的，什么也不需要，什么诚实什么情感什么长久，我什么也不需要！我只要存在，存在就是一切。"

江筱月的奇怪许愿让杨伟很是迷惑，但他也没有多想，只是在重新打开电灯后，他们开始吃了起来。一杯又一杯酒下肚后，杨伟对江筱月说："知道吗，我其实还爱着你，真的，我现在越来越发现我还爱你，从离婚到现在，我发现对你的依恋越来越重了，让我们重新开始好吗？我真的有诚意，我是真诚的，真的。"

江筱月闻言一哆嗦，一口干了杯中的酒，直盯着他的眼睛问："你是真诚的吗？那我问你，你认识一个叫小青的女人吗？"

杨伟一愣，极其意外地说："这名字很古怪，从来没听说过，那她姓什么呀？"

江筱月顿时就大笑了起来，但看得出来，她笑得并不开心，而是非常好笑的样子，又问："真的？不会是你在上过床后把人家的名字都忘了吧？"

"怎么会呢？我在电脑里都给她们建着档案库的。"杨伟故意如此说，他自信这个欲擒故纵的手法会取得江筱月的信任，但他同时心虚得厉害，因为他知道江筱月肯定是知道了什么，而且是真的知道了什么。现在的问题是她到底知道了多少情况。

江筱月撇撇嘴："正经点，你真不认识她吗？"

"我为什么要骗你？我真不认识！她和我有什么关系？"

"你们就是认识也没关系，我也不比你强，只不过比你晚一点罢了，当然我可以给自己找到一些借口，可是我不想，那没意思，如果两个人到了这个地步还不如直截了当的好，与其相互欺骗一辈子，不如坦诚相待来得痛快轻松，反正我是感觉活得太累了。我们都是充满了罪恶感的人，我们正面临着空前的道德危机，谁来为道德危机埋单？"江筱月神情恍惚地说。

杨伟根本不信江筱月也会有外遇，他只认为是自己的做法让江筱月在不知了解多少真相的情况下太伤心而已，于是他说："那好吧，那我们这下子就可以扯平了，我们可以重新开始了。你喝多了，筱月，知道吗，我心疼你……"

江筱月的泪一下子就涌了出来："多久了，我多久没有听到你这样温柔地对我说话了，如果你肯早一点对我这样，如果不是冷暴力如果不是寂寞杀手，我是说什么也不会走出那样的一步的，不管这个世界有多么多的诱惑，我也不会的，真的！我说的可是真的，是真诚的。重新开始，我已经没有信心了，我老了，女人和男人不同，我们都老了，不再是二八年华的青葱少年了，可是男人和女人不同，你现在还是抢手货，而我早已是一只垃圾股，在情感市场上。"

杨伟这次是真的真诚地说："你一点也不老，而且，绝大多数女人无论多年轻，都不敢梦想能有你这样的美貌、这样的学历。"

江筱月不屑地说："学历有什么用？美貌又有什么用？还不是落到今天这步田地。不说这些了，今天找你是有件要紧事告诉你，可我却总是在说着没头没脑的傻话。"

杨伟忙问："什么要紧事？你说吧，我无不遵命。"

江筱月语调缓慢地说："善待她吧，小青对我讲了她的身世，她也挺可怜的，如果有可能你就娶了她吧，省得以后受良心的谴责。还有，你一定要善待我们的孩子，善待孩子她爷爷奶奶，善待杨扬，善待所有人，和你自己。"

杨伟："放心吧，我一定会的，只是你说的那个她，我知道我对不起你，以后我再和你解释好吗？今天我们先不说这个，行不行？"

"当然可以，我更不想说起她。唉，你别怪我，这几个月我受够了心理折磨，那种充满了负罪感和委屈感的折磨，让我一夜夜地失眠，知道吗，我现在只想在你怀里痛痛快快地哭一哭！"

杨伟马上轻柔地搂过江筱月，温柔地说："欢迎来我怀里哭，

anytime, anywhere！"

江筱月靠在他的怀里，手痉挛一般死死地抓住他，眼睛里闪着疯狂的光。杨伟不知道是被她的话，还是被她那恐惧又痛苦的样子吓着了，他紧紧地把她颤抖的身体抱在怀里，在她耳边承诺绝不再负心、绝不再让她受冷落寂寞之苦。江筱月终于松了一口气，软倒在他的怀里，轻轻地笑了。是的，这十多年来她一直在为他担心，因为她爱他，而他却丝毫不领情，还一味躲着她、冷落她，愧疚折磨着他的心，他不知道该怎样安慰她，只好一遍一遍细吻她的泪眼。

130

他吻她的时候听到一阵压抑的啜泣，他抬起头，看见月光下江筱月满面的泪光。她正小声地哭，极力不发出声响，但热泪却止不住地涌出，整个人像是都要化作泪水流走了似的。他蓦地涌起一阵怜惜的柔情，紧紧地抱着她，她压抑地呻吟着，死死地抱着他，哭着吻他……

131

他们静静地躺在床上，月光下两个身体，像死尸一样泛着白色的光。杨伟被一阵极度的空虚所笼罩，激情过后的他像条被搁浅的海鱼，躺在沙滩上静候着死亡的来临。而江筱月脸上的泪却不知什么时候干了，她支起身子，静静地瞧了他一会儿，问："知道吹蜡烛时，我其实还在心里默许了一个什么心愿吗？"

杨伟摇了摇头。

江筱月轻声说："我许愿：'如果有来生的话，就让我在还没被信任危机、道德危机出现的时候遇见你，我一定会给你一个很好的人生，做你一生最可爱的妻子。'"然后，江筱月轻叹一声，又趴进了他的怀

174

里。他也张臂抱住她，可是那肉体已不再温暖，一股萧瑟的寒意让杨伟也不禁心灵颤抖起来。

132

然后江筱月就起身了，杨伟很意外，他极力挽留她再躺一会儿，可是她去意坚决。然后杨伟躺在床上，江筱月坐在电脑桌前死盯着屏幕，看都不再看他一眼。他知道她是在等他睡着后自己再睡，她已经很久不愿和他同床共枕了。看着她孤单的可怜的背影，杨伟突然感到一阵心痛。是的，在两个人中间，不知道从什么时候起，曾经的爱恋变成现在这副样子，心中的柔情慢慢被冷酷的相互欺骗蚕食。那一瞬间，他突然发现内心中的柔弱，难过得几乎要落泪。他不知道是自己依然爱她，还是仅仅习惯了在一起生活，但他确实舍不得她。

杨伟于是起身，从后面抱住了江筱月，难过地问："我们这是怎么了？"

江筱月漠然地回过头，像看陌生人一样地看着他，好像两个人刚才根本没有融为一体似的快乐疯狂。

杨伟无力地说："我依然爱你！"

江筱月沉吟了一会儿，低声说："是吗？"语调冰冷，再没有一点感情。

杨伟只好无趣地放开了她，索然地回到了床上。最后杨伟在内心的一片冰寒中独自睡去。

133

已经是凌晨三点了，杨伟醒了，眼前的情景是他死也不敢相信的。不可能！怎么可能？！杨伟的手脚发麻，浑身冰冷，过了好一会儿，才发现自己正傻站在地上一个劲儿地发抖。

电脑在暗夜中闪着惨淡的白光，中间是一张女人的照片，那双爬满血丝的眼睛依旧恶毒地瞪着他，那张面目不清的脸依旧隐匿在黑暗中……杨伟僵在那儿，一下子又回到一年前的那个夜晚，杨伟和那个噩梦中的女人对视的夜晚。杨伟只想大叫，可喉咙里却一点声音都发不出来……突然，他的鼻子里又一次充满了那种腐臭的焦煳味，屏幕上那双眼睛像是活过来一样，越发射出让人恐惧的光。

杨伟哆哆嗦嗦地关上电脑，房间里蓦地陷入一片漆黑。黑暗中不知藏着什么。杨伟吓得慌忙打开灯，日光灯刺眼地闪亮，明白无误地说明此时的屋里没有别人。是的，电脑屏幕一片漆黑，地上摆着残酒和吃剩下的蛋糕，床单一片零乱，冷清得让人心酸。

杨伟冷得直哆嗦，抑制不住地发抖，钻进被窝里。

"筱月！筱月，你在哪儿？筱月！"杨伟跳下床来，走向客厅，此时客厅里凌乱得如同当初他让小青来时一样，而江筱月已经不知什么时候离开了这里。忽然间杨伟没来由地感觉到了一阵子的恐惧，但他很快就自我安慰着回去睡了。

134

第二天，杨伟起来的第一件事就是给江筱月打电话，可是没有人接，他打了几遍都是如此，他怀疑是江筱月太忙，而且自己一遍一遍地打，会让她不耐烦的，他真的怕江筱月烦他，于是杨伟就忍着一直到下班后才又打，结果还是无人接听。可是杨伟没敢再打，他知道现在妻子的情绪不好，弄不好她会再也不理自己的。于是杨伟就躲到了 QQ 上，希望能与江筱月不期而遇，结果都没有。

一直到深夜，杨伟才带着一种无比不安的心情上床休息了。小青来过电话，他看了一下，一下就把以为是江筱月来电的兴奋打没了，于是杨伟毫不客气地掐断了。小青不甘心，就再打过来，他就再掐，直到小青不再打了。

小青现在也理不直气不壮，自从将杨伟的银行卡透支以后，她就将杨伟的冷落理所当然地归纳为对自己此次不良行为的惩罚，于是小青也怕打得太多，杨伟会烦她、会对她再也不肯理睬，于是也就不打了。

135

不想早上，杨伟正开着他那辆黄色的轿车行驶在车如龙人如水的宽阔大路上时，他的手机响了，本来杨伟白天的电话是很多的，他习惯地拿起来就按下了接听键，不料却传来了警察的问询，顿时杨伟不禁丈二和尚摸不着头脑。

原来江筱月死了，就在他们狂欢的当天深夜，她死了。根据初步尸检，确定江筱月是自杀无疑，但她体内存有大量的精液，又让警方存在疑虑。于是杨伟的几遍来电就引起了他们的注意，当然杨伟是不能置身事外的，他接受了作为嫌疑人应该接受的检查，虽然他是江筱月的前夫，虽然有大量的物证证明两个人有和好的迹象才会又在一起并且发生了关系，可是问题是，如果是这样，那么江筱月为什么要自杀？自杀理由才是问题的症结所在！

136

是的，杨伟也解释不了，他只是永远记得江筱月看他的最后一眼，就如同他噩梦中的那个女人一样，那双爬满血丝的眼睛恶毒地大睁着，狠狠地瞪着他。杨伟僵在警察带着他去的江筱月的住处，也就是他们以前的家，在那里，杨伟的鼻子里真实地充满了那种腐臭的焦煳味，她是触电而亡的！

杨伟曾经的那个噩梦一闪而过，让他的心里突然一阵没来由地恐惧。

杨伟在警察的带领下，向卫生间走去。虽然并没有蹚着水，也并没有听到水声越来越大，推开门时，他听见了自己的口中发出一声哀号，因为他的妻子江筱月死了，据说她正是穿着一身极娇艳华丽又极性感的睡衣躺在浴缸里，血水淹没了她，她手腕上也果然是撕开一条丑陋的裂口，据说青色的血管在裂口处突显。

割腕并触电，双料自杀！于是梦醒的杨伟就如同仍然身在噩梦中一样，无力地沿墙坐倒，望着曾浸泡过江筱月尸体的浴缸，他的脑中一片空白。

回到了家里，直到第二天早上，杨伟才勉强睡了一小会儿，可是当他真正地从梦中醒来，他才发现江筱月的自杀现在不是他的梦中梦。如果真是一场梦中梦，那该有多么好啊。

当然是真假不了，是假也真不了，最后杨伟还是被确定无辜而不予追究。

137

在江筱月出乎所有人意料地自杀的背后，只有小青是最清楚原因的，虽然江筱月自杀本身也同样地出乎她的意料。

当时小青在从杨伟的卡里不能再透支钱了以后，她就回来了，这才知道原来杨伟已经离婚，一下子，原来不对此抱什么希望的她看到了希望，于是小青就日夜都在盼着杨伟向她求婚，可是没有；于是小青反过来向杨伟逼婚，也没有成功，最后小青断定是他旧情难忘。

小青与江筱月不同，江筱月对人情世故非常幼稚，而小青则老辣练达，虽然小青比江筱月要小十多岁。她算准了江筱月必定是那种个性刚烈自尊心极强的人，不然这个婚也不会离得那么痛快，并且财产分割得也很容易。于是小青就向江筱月主动出击。她约江筱月谈了一次。

江筱月真的没有想到，丈夫的婚外情与她的一夜情式的偷欢还有所不同，至少在时间上要长得多，但现在她已经不是杨伟的妻子了，她也一样无权指责他什么了，并且自己也有同样的过错，自己又有什么资格来指责他呢？但最让江筱月不能接受的是男人的欺骗，小青甚至领江筱月到了她们租住的地方看他们合拍的照片，以及杨伟的一些贴身衣物，还有很多邻居甚至问小青你老公这些日子是出差了吧，怎么也看不见他来了呢？你怎么也不见了，你们两个做什么去了？

在小青的那个住处，望着杨伟与这个女孩子的亲密合影，江筱月从时间上推算了一下，顿时吃惊非常，她不敢想象丈夫一方面能夜夜归宿，另一方面却与这个女人打得火热。江筱月感觉到了一种真正的绝望，她从此不敢再相信任何一个人，尤其是男人，自己与他在一起生活学习了十来年，居然也没有看清他，男人真的可怕，他们欺骗的智慧是女人永远望尘莫及的，女人在情感方面永远弱智。

138

江筱月死了，这件事是瞒不住的，杨伟只好找到妹妹杨扬，对她说了全部情况，包括离婚和江筱月现在的自杀。杨扬答应杨伟，帮哥哥到家里说明情况安慰老人。

杨扬先向母亲汇报了嫂子的自杀情况。江筱月的婆婆太意外了，她甚至都没能听懂女儿在说什么。这个善良而勤劳的母亲每天为一日三餐和小孙子，正忙得一点空闲也没有，这个打击让她一下子全身无力，为什么？为什么？她现在说的全是为什么。杨扬就将杨伟离婚的事也说了，杨伟母亲不解地问："他们两个人怎么回事呢？难道你哥哥真的在外面有了人？可我看他们平时挺好的，不像呀。"

杨扬说："这可不好说，他们都是高级知识分子，不会像那些一般小市民似的，粗口骂了，动手打呀，当然他们也许打过骂过，不过他们的学识修养和社会地位，让他们会把打落的牙往肚子里咽的，哪怕和着猩红的鲜血，然后他们照样会微笑着出现在人前。"

于是杨伟的母亲长叹了一声，点点头。表示对这话很以为然。

"唉，你嫂子出事那天白天来过家里，当时她表面上很平静，就是关心小孩子，她一直在孩子的房间里，娘两个疯来闹去的，可高兴了，后来孩子睡了，她就坐在床边上打量着孩子，端详着孩子的睡容，你们小的时候，妈也经常这样。"

139

孩子睡着了，睡得那么安详，脸上还有一丝甜蜜的微笑。孩子脸上的笑容，能驱走黑夜，那是人类的希望在微笑，纯洁无瑕的赤子之笑。她一定是进入了梦乡，也许她梦见了幼儿园的小朋友，也许她梦见妈妈和爸爸，更有疼爱她的奶奶，以及所有爱她疼她的亲友。

江筱月给孩子脱下长裤和外衣，将她的双脚放上床，将她的身体摆正，用被单盖住她的腹部。最后，江筱月端详着甜睡中的孩子，默默地向孩子诉说着自己的心语。

孩子，妈妈的好孩子，妈妈要永远地离开你了，从此以后，你将再也见不到妈妈了，希望你不要恨妈妈，你痛苦，我当妈的心里一样不是滋味。孩子，请你将这些本不该发生而事实上却发生的事忘了吧，只有这样，你的心灵才是健康的。如果你现在不肯原谅妈妈，相信你长大以后，会理解妈妈无以解脱的痛苦心理的。孩子，快快长大吧！

孩子，原谅妈妈不是个好母亲。可是妈妈真的没有勇气再面对着无边无际的寂寞了，我们的家破碎了，永远没有复合的希望了，你的爸爸其实一直在欺骗妈妈，妈妈虽然也做错了事，可是妈妈在情感上从来没有欺骗过任何一个男人，但事情比我想象得要严重得多，妈妈只有选择离开，这才是最好的解脱之道。原谅妈妈的自私，孩子！

当然这也被江筱月写成了信，留在她的住处给她的孩子，那是江筱月用笔写的。当时她拿起笔来，甚至感觉陌生，越来越熟悉熟练的是电脑键盘，而对于纸和笔却有种陌生和疏远感，这一点于江筱月这样的学者来说，真不知道是个笑话还是悲哀。

140

江筱月自杀那天的白天来家看望孩子的这一细节日后让杨伟的母亲追悔不已，为什么自己当时就不曾发觉什么？那样就可以拦她一下了，或许就不会发生她自杀的事了，这位善良的母亲总是这样想，也总是这样对亲人们说。其实在那天，江筱月的异常表现还有很多，比如说，她一再地向婆婆表示感谢，说她这几年对孩子没尽什么义务，都是婆婆代她在操劳，又说今后孩子虽然长大了，但各方面的教育更让人操心，不管是知识上的教育还是品德方面的教育都是如此，因此婆婆要更受累了，她实在于心不忍，实在抱歉。什么什么的，不过江筱月的表情很安详，没有什么悲伤，也没有什么无奈，她就好像要去长眠一样。

在这样追悔得痛心疾首以后，杨伟的母亲又感慨："为什么她有那么强的毅力和那么高的智商，可以读到博士，却在生活上居然如此脆弱、不堪一击，就算是丈夫真的有外遇，那又何必自杀呢？"这位善良的母亲不知道江筱月在情商方面，其实非常弱非常低，她可以被一个网

友轻易地钓到手，而她自己却把人家当成了情人，然后在那一段时间里
就投入了自己全部的热情。

第十二章　从自省到真情回归

141

江筱月死后，小青又叫杨伟到他们的住处，可是在杨伟去洗澡的时候，他却从卫生间的镜子里发现了自己后背上有很多奇怪的符号，他突然没有来由地想起来当年在教室里，他和江筱月在讲台上的激情结束后，杨伟在穿衣服时发现，江筱月在他背上画了无数怪异的图形，像是上古时期的咒文。是的，此刻的这些奇怪的符号酷似当初江筱月用那曾经掷过神圣的半截粉笔头画下的。江筱月的话立刻穿越了十五年的时光隧道，清晰地响在杨伟的耳边。当时江筱月说，如果杨伟对她负心，她就会选择死亡来诅咒他。

果然那天杨伟和小青什么也没做成，这以后他们又拼命地努力了好多次也不行，杨伟现在真的名副其实了。

142

这以后，小青感觉非常意外，自从江筱月死后，杨伟对自己非常冷淡，现在当他名副其实后，他几乎再也不肯理她了。记忆里，杨伟还从来没有故意不接她的电话过，倒是她可以看着杨伟的电话响了数遍，而无动于衷，或者干脆关机。曾经的杨伟从来不会这么做，如今的他总是这么做。如果要说杨伟挂过她的电话，就只有一次，就是发生在她做了那件透支他银行卡的事后。但后来杨伟还是接了，表示他原谅小青了，并且是完全原谅的，然后两个人就和好如初了，至少小青是这样以为的，虽然杨伟再也没有主动来找过她。

143

终于小青不得不接受一个残酷的现实，杨伟可能听江筱月说了她找过江筱月的事，因此现在江筱月自杀了，他就不肯原谅她了。其实杨伟在江筱月自杀后只是感觉太累，他还真的不知道这些，当小青又一次终于拨通了杨伟的电话，在她为这件事真诚地道过歉之后，杨伟万分震惊："天哪，居然是你把这一切向她摊牌了！"

杨伟一下子就摔了电话，过了两天，他打电话给小青，正式告诉她，他们之间结束了。

小青流着眼泪，几经努力想挽回，但已无可挽回了，于是小青只得接受了，再没有打过他的电话，也再没有发过任何煽情的短信。她的手机里曾经存过他的电话号码什么的，但所有的记录都在她屈辱地挽回失败之后删掉了。那个时候，小青下了决心不再去联系他，在删掉他的旧号码之前，小青曾经发过一条短信，告诉他自己会离开这里，到未知的地方去，从此永远地在他的生活里消失。可是小青并没有真正地做到，杨伟用的号码永远刀凿斧刻般印在了她的脑海里。

144

有时候，于跃龙会想，如果通信没有这么发达该多好，那样至少可以多一层约束，最起码是时间和空间的约束。可是如今时间和空间都已经没有约束力，他可以打电话给任何一个谈得来的女人，向她索要裸体照片，于跃龙会直截了当地告诉她说，想她的时候或者说想女人的时候，他就会看。甚至连这个也不必了，现在的人们还可以通过视频聊天。如果真的是这样，那么江筱月与他的一夜情式的偷欢就不会发生了，那么也许江筱月就不会有今天这样在强烈罪恶感的折磨下以自杀求解脱了。

江筱月自杀前没有给杨伟留下一个字，却给于跃龙写了一封长长的信，而信中写的却是写她和杨伟的事。题目是：

婚姻的龟裂

无意间看到他十多年前写给我的情书，字字句句读来，仍然让我感觉很是亲切很是激动，让现在的我甚至不敢相信他曾那样浪漫，曾那样多情，曾那样爱我。他在信中提到"一生一世，携手走过"，在最后还有一句"亲亲我的宝贝"。十几年后的今天我看了还是心花怒放，激情洋溢，幸福不已。然而，当我把那封信给他时，他却把它从窗口丢了下去！这就是我从香港回来后不过两三个月时发生的事。原本以为可以以此为契机，重新整理我们的婚姻，恢复到曾经拥有的美丽和温馨、幸福。可是他却亲手把我的期待撕扯成如那封飘落的情书。我要他下楼去捡起它还给我，他没有去！我知道，我们夫妻的情缘飘忽得有如秋天的落叶，我的心真的碎了，在那个夜晚。我保留了十多年的情感，我经营了十多年的爱情，随着那张纸去了。

还记得当时他向我求婚，我因为要表现得矜持一点，没有马上答应，他就写下了这封情书，并且在栈桥上向我信誓旦旦，说这是"真正的海誓山盟"。我为了珍惜他对我的爱，为了印证他的诺言，我保存了他送给我的这封情书。十多年了，我们一起创建了属于我们自己的窝，忙碌的我们甚至忘却了这封情书。直到那天，我想看一下自己年轻时的一张照片，当我打开相片框，他写给我的情书落了下来。

我不知道，如果没有网络，我们夫妻会不会还是如从前一样。但是现在我真的觉得我们很陌生，每天看着他走进房门，他僵化的面容，他冷淡的目光，让我彻底地冰凉。他用他的冷漠扼杀了曾是他最爱的人的心。当我问他话，他故意不回答，我就觉得有如世界末日来临一样恐慌。我很重视家庭，特别是我们一起苦心创建的家庭。想想我们刚结婚那阵子一穷二白，经历了多少坎坷才拥有了一个舒适的家。可是环境舒适了，情感却变了味。

我和老公是从艰苦中过来的，有着深厚的情感，我们两个大学毕业后又攻读了研究生，然后一起工作一起吃苦耐劳，直到打拼成今天这个样子，也属不易了。我老公在经济上充分相信我，从不过问钱的事情，他也不管钱，也不乱花钱，只是抽点烟，从不乱招惹年轻女孩。他很关爱孩子，每天早晨都是他开车回他母亲家接孩子上学，晚上有时候，他还带孩子学习。想想像他这样的男人也算很少了。尤其是我们刚结婚那阵儿，每一次我的朋友来我家玩，都是他做饭炒菜收拾家，从不让我插手，我只管打牌聊天，让我的朋友都羡慕死了。

我说这些不是想拿他来和你作比较，只是感叹人生的不易，无论怎样，冷落寂寞，绝不是处理夫妻矛盾的最好的办法。

想起老公的时候，自然会想到你。想起你的时候，也会不由得想起老公。你们这两个男人恰如我的影子，上午变短，下午变长。我在这种阴影里生活得既快乐又痛苦。

有一次我试图改善一下这种冷落的关系，我买了电影票，那是一部正炒得很火的写都市情感的电影。然后我给老公打电话，不想他却在家，当时家里很吵，他告诉我说，看电影？发什么神经，那是小青年的浪漫了！他还说他喊了很多的同事在家里打牌，他接电话时，我能还听到他的同事在喊他快点出牌。我气极了，啪地挂断了电话。一个人走在夜晚的街上，像个游荡的幽灵。想去网吧上网，可是人满为患。如今的人们，不分男女老少都郁闷，都想发泄点什么。在内在的和外在的冲突下，人们选择了网络这个虚拟的平台，用着假名讲着真话。国人太压抑了！经济发展的速度明显快于精神文化方面发展的速度，所以人们迷失了自我。

我一个人在街上闲逛闲想，感觉自己真如一个发神经的疯子。这样子在大街上待一个孤独的夜晚，是难以想象的，于是我又给老公打了电话，他笑着说："你这样无聊，不会去找你的那个网上情人？"天，我再一次晕死在大街上。我于是在电话里告诉他，我要走了，要去会我的网上情人了，可他一点也没反对，只是说祝我一路顺风！放下电话气得我几把就将那两张价格昂贵的电影票撕得粉碎。当然我的发泄也仅限于此，我最后还是恨恨地跺着脚走回了自己家。

你知道吗，我在去见你之前的一刻，已经在长途车站了，我还是下不了最后的决心，于是我又给老公打了个电话，我明白地告诉他说，我要如你所愿地会一个网上情人玩一夜情了！可他不知是以为我在开玩笑还是真的已经太不爱我、太想不要我了，总之他居然说你爱去就去吧，玩得痛快就行，祝你快乐，快乐就是一切，快乐就是原则。

我一经听完，二话不说就挂断了电话，然后我就义无反顾地踏上了长途车，任凭它把我带上了一条不归路，走向了堕落之程，走向了自己人生价值混乱的痛苦之旅，也走向了彻底背叛自我与爱情的肮脏之地。

在离婚前后的那段时间，我感觉自己被生命中最为重要的两个男人遗忘，好在我独立自强得很，在心中暗骂一声"两个浑球"，就去安排自己的事情了。我要回到现实中，认真工作，认真生活。把这一段经历放到心灵的记事本上，等到老了的时候再重温旧梦吧。现在的我很平静，平静地写信。但现在，我的前夫差不多每天早上一起来就给我发短信，但是我基本上已经平静如水也冷淡如水了，我不会再为了情感而痛断肝肠了。向晚风寒秋瑟萧，随缘早去天将老。酒香处处未双行，梦薄喃喃非君笑。情若浓时人若憔，爱无深处心无靠。懒看花落又花开，却怕情来情也倒。

婚外情带给我刺激和恐惧，带给我迷茫和困惑，也带给我对很多事物的深刻思考。对于已婚的很多男女来说，挣扎在责任道义和追求自我的矛盾中是很正常的，大多数人都由于前者占了上风，郁闷地活着；有一小部分人，是后者占了主动，但也郁闷地活着。

瞧我，乱七八糟毫无章法地一路胡写下来，但这样，却说了很多我心里的话，我现在的心里也是这样乱七八糟毫无章法的。

你想看看我与你偷情后的心情日记吗？不管你想不想，我都要给你看看。

……

这几天特别郁闷。夫妻之间更加冷漠，以前都是我主动结束冷战，他也随着附和，彼此笑笑，我们的生活就又恢复了春天，"一笑泯千仇"用在夫妻之间再恰当不过了。然而这一次没有明显原因的冷战，已经持续几天了，我闷得都快要爆炸了，但是我不想又做懦夫，我硬挺着嘴皮和表情，让霜冻始终降临在我和他之间。

终于，我忍不住寂寞，给我的老公发了几条短信，我睡在卧室，他躺在客厅的沙发上看电视。他听到自己的手机在叫，就打开了手机，我想他肯定看到了，但他应该有的反应一点都没有。我再发第二条短信过去，他居然关机了。我气极了，他居然连我这种变相的求和方式也不接受！我冲出卧室来，把他的手机打开，一口气发了五条短信给他。可他还是不语，真服了他的倔强。

"哎，你能不能有点反应啊？"

"我为什么要有反应？"

"你一天到晚绷着个脸，觉得好吗？"

"我是蠢猪，怎么能和你这个世界上最聪明的人交流呢？"

狂晕，我不过开玩笑说他是"蠢猪"，他也说了我是"fat pig"另加"夜叉"啊，就为这个和我冷战，简直太不是理由了，想起前尘往事，一股无名火蹿了上来，我开始数落他的种种不是。

他一言不发，我数落了二十来句，好像再也找不着什么新的不是了，而他就是不对抗，让你打架都找不到对方，唉，真是索然无味加乏味没劲到家了，我只好无趣地闭了嘴。

……

本想把情感寄托在情人身上算了，家里的男人不在乎我，还有一个外面的男人在乎我啊。我很阿Q的，而且总是在这种阿Q式的自我安慰中微笑。可是这几天我却笑不起来了，你回去后，再也没有了消息！我发了好多条短信过去，都石沉大海。想打电话询问一下，强烈的自尊心还是让我忍住了，你那样绝情，我又何必自讨没趣呢？可是我马上又给你找出种种理由，想你莫不是出了什么事？于是我心里便有了千百种担忧。

男人真的不是好东西，不珍惜情感。

我得慢慢忘却，慢慢习惯于自己爱惜自己。

我把自己的经过写成帖子发在网上，并不刻意回避朋友们的同情或指责，事情都已经发生，作为事情的主人公应该理智地对待。关键是我内心藏不得隐私，而这种事情肯定是不能和熟人讲的，不然担心被出卖的滋味也挺不好受的。而如果把它当成日记存在电脑中，也怕老公哪天发现了。于是我就用一个老公不知道的假名发表在网络上，这样我既发泄了内心的彷徨，又不泄密，这就是我的平衡之法。我窃喜了好一阵子，为自己找着这样的一个方法。

有个网虫跟帖建议我改变一下自己的生活方式，尤其是自己觉得感情需要安慰的时候，为什么总要从别人那里找呢？试试别的途径，比如看电视、看杂志，或听一下音乐，或去商场购买平时不舍得买的漂亮衣服，再不然就去海边走走，或陪孩子做做游戏什么的，都可以让自己高兴起来。并且这个人还批评着问我，难道你不觉得你们的第二次见面不如第一次感觉好了吗？这人还质问我，平时陪孩子的时间多吗？最后这个网虫真诚地对我说，祝你幸福。

昨天晚上和一个新加坡的女网友一起探讨了网恋，共同把男人痛骂了一顿，心中好不惬意。社会的世俗的压力使很多的男人都不像是男人了，中世纪的绅士风度都见鬼去了。我们所看到的只是一些痴情女子，男人是多情种，却不是痴情男啊。女人啊，珍重自己，珍惜家庭吧。对于感情不要将自己的心放进去，只要你的心还在自己手里，你就是永远的赢家。不幸的爱情才是各有各的不幸呢。经历就是财富呵，这也算收获吧！可是可悲的就在于，女人是那种明知道爱情是一杯毒酒也要流着泪喝下去的动物，还带点幸福的感觉。我们这样的人，会被称为悲情女子。真实的婚外情通常都是甜蜜而苦涩的，又会以失败告终。我们还相互安慰、相互鼓励说获得智慧，需要以痛苦为代价。哀莫大于心死，时间会把痛苦冲淡，心会再焕发第二春的，不要这么悲观。谁都知道，收拾那爱过的残羹冷炙，一点一滴的，是最痛心的经历，但是只要给自己时间，就能慢慢地走过去。

还有人回帖说：相信这应该是真实的故事，因为我也有类似的经历，与一位网友（有夫之妇）相恋，相约在另一座城市幽会。都说"70后"搞外遇的特别多。社会在发展，人的需求也多元化了。我在其中，痛并快乐着。记得看过这样一句话："我不想这样做，我只想好好地爱一个人，用心去爱。"但是在生活中，你最爱的，往往没有选择你，而最爱你的，却往往不是你最爱的。无奈！仅楼主短短的一篇帖子，竟会有这么多人关注，说明婚外恋确实是现代社会一种极为普遍的负面现象，作为将近中年的三十岁出头的人，我们确实应该引为深思，上有老下有小的我们，本身已经很累，为什么还要自找麻烦，弄什么婚外情呢？害人又害己的蠢事，聪明人往往避之不及！可悲！可叹！可笑！

呵呵，看得出来大家往往对于第三者和情人的话题非常非常敏感且鄙视。又有人回帖对我说：别让自己这么老气横秋地过下去，你不老，三十多岁正是人生的黄金时代，就算那两个男人你都不想要，那你也得有足够的资本去寻觅新的温暖啊。所以一定要爱惜自己，哪怕是为了你爱的人，不是为了继续爱他更深，而是要他在回头的时候，看到美丽的你变得更完美，让他把肠子都悔青喽！

其实像你这样只说爱却不敢负起责任的男人满大街都是，没什么人值得我深爱，就连最后的见面也不必要了。

最后告诉你一句话，美女在别家，这是我的切肤之痛，告诉你，好让你以后好好珍惜你现在的她。

女人即使艳丽如蝶，可在男友眼里，也不过是一杯温吞的白开水。逛街或在餐馆吃饭时，他的注意力常被飘来荡去的魅影拽走。受冷落和轻视让女人实在想不通，那些女人并不见得比自己美，有的甚至根本就乱穿一气，却也能让他好奇几分钟。所以我有时觉得男人很贱，品位扫地。

寻常女子一般逃不过这样的结局。同一个屋檐下，实在的生活一天天瓦解着原本需要修饰的真相，醒来时的浮肿双眼，加班后的憔悴脸庞，自己看着都触目惊心，又如何入得男人的眼？那些每天早上赶着时间给男人准备早餐的女人，都是蓬乱的头发，松垮的睡衣，趿着拖鞋，踢踏地来去。甚至牙没刷脸没洗，带着昨夜憔悴的睡痕，一边打哈欠一边呼喝着男人起床。所以，无论太太在人前怎样仪态万方，在男人心里深深扎根的，恐怕还是日常起居中的惺忪模样。男人眼里的旖旎风光永远不会在自己家里——但他们一定忘了，花花世界里的养眼美女回到家，卸了妆，洗去铅华，和自己的太太也没什么两样。

女人再美丽，也禁不起天天看。最能摧残女人容颜的，并非岁月，而是男人心不在焉的目光。

145

话到这里，江筱月告诉于跃龙，现在的她已厌倦了生命，她渴望着解脱。坐在二十四小时都是光明的天国里，如一个赤子般纯洁，手捧一杯清茶，淡淡然，超超然，悠悠然，这是她最大的愿望。

146

末了，江筱月突然没来由地对于跃龙说：你知道吗，我感觉现在我的心碎了，比一只被劲猛地摔到地上的珍贵瓷花瓶碎得还厉害。

当于跃龙读到这里时，他感觉到了一种没来由的深深恐惧，因为江筱月再次说中了他心里的感觉！

147

江筱月平时工作很忙，刚刚离婚，她并没太多的悲伤，本来随着她的先精神后肉体的越轨之后，她是渴望与杨伟重新开始一种新的夫妻生活的。眼下的分离，她认为可以让两个人在冷静中找回属于他们原来的那份感情。可是随着杨伟的一去不回头，她的伤心在一天天加剧，这种伤心很快就形成了一个巨大的空洞，敏感且伤感的江筱月只好找新的东西来填补。于是于跃龙再次成为了她精神上的填补物，江筱月现在常常回想起刚刚分手不过几个月的于跃龙，但她忍住没给于跃龙打电话。

那天江筱月在外面一点空儿不闲地忙了一天，回家后在疲惫至极中，她把自己扔在那张巨大的双人床上休息。可是空荡荡的家中到处是寂寞的味道，那个巨大的痛苦的空洞又在寂寞中突现出来。于是回到家中休息的江筱月不仅没有把疲劳赶走，却相反地在寂寞的浓烈味道中，发现巨大的痛苦空洞此刻空前地大了起来。于是江筱月再也忍不住了，她几乎是不假思索地就拨通了于跃龙的电话。谁知道，总是干什么都没劲的他这次说话速度却极快，只说了声"现在有点事"就要挂断。

寂寞中的江筱月哪里肯放过这根救她出寂寞苦海的稻草，于是柔情温和地问："你有什么要紧事儿？"

于跃龙没吭声。江筱月马上意识到了什么，于是又问："你不方便说吗？"于跃龙只是"嗯"了一声，就绝情地挂断了电话。

于跃龙匆匆挂了电话，江筱月心里的难受是她无论如何也没有办法忽视的。江筱月知道他确实是在有意疏远自己。难道，难道，他曾经答应过我的，不过是在敷衍我？江筱月情商低得可笑地想，不会的，他说过他爱我，他还说过他会想着我一生一世，把我放在心上的。于是寂寞苦海中的江筱月得出如下推断：他现在的做法，说明了他打算用疏远的方式来证明他是真的想为我好。江筱月马上就这样把于跃龙的冷漠美化了。于是她自己也在这份美化中感觉到了空前的安慰，虽然她同时也知道这不过是自欺欺人罢了。

从这以后，江筱月在一天天加大的痛苦空洞中，把拨通于跃龙的电话当成了她脱离寂寞苦海的最好稻草，仅仅不过一两个星期，这就已经成了江筱月的一个习惯。当然有很多时候，于跃龙还是会安慰江筱月的，和她聊些有意思的话题，江筱月也就在自欺欺人中得到了空前的安慰。

不过于跃龙却不肯同江筱月再见一面，当然江筱月也没有再邀请过他，江筱月在一个人的家中习惯了，她不愿意让任何人来破坏她的寂寞了。

148

周末晚上，江筱月单位的一个同事非要叫上她出去吃饭。江筱月也实在不想一个人回家，面对空荡荡的屋子，胡思乱想，任凭寂寞肆意嘲笑她。

江筱月的这位同事当然是位女性，她们平时是要好的朋友，她的婚姻一直是江筱月所艳羡的，她和她老公相亲相爱，相互间给对方的爱几乎是均等的。可是在几杯红酒下肚后，微有醉意的她却告诉江筱月，走到现在，她和老公的感情也曾经受了一道道考验。她曾经也陷入过感情抉择的迷惘，并且这也是发生在她婚后。但是她很明智，没有做出任何对不起她老公的事情。江筱月佩服她的理性，但江筱月更清楚，是她对她老公的爱阻止了她。

太郁闷、太渴望倾诉的江筱月忍不住终于向这个同事加朋友的女性，叙述了最近发生在她身上的事情。江筱月的朋友听完全部的故事后，叹了口气，淡淡地说："还好你悬崖勒马。"

江筱月对此只能微笑，她知道，自己其实从一开始，就没得选择。

149

江筱月那天晚上睡得很香很甜，痛快的倾诉让她好快乐。可这种好心情很快就坏到了极点。江筱月发现她的同事们在窃窃私语，而她的学生们也在暗暗嘲笑，而他们在窃窃私语什么和暗暗嘲笑什么，她不清楚，只是感觉人们对她很疏远、很鄙视的样子，人们看她的眼神都是怪怪的，充满了不怀好意的复杂和轻视。

直到那一天，江筱月在这次的学院副院长竞选中落选了，她感觉到了什么，因为很多选票之所以不支持她，理由就是个人作风不检点。江筱月一个人呆坐在办公室，一个刚刚工作的年轻博士来到她身边，犹豫了一下，小声对她说了几句话。于是这个年轻人的善良才让江筱月明白了被人出卖的可怕现实。是的，江筱月太幼稚了，她那个好朋友加好同事的女性倾听者，与江筱月的竞争者有着巨大的利害关系，这不，人家的老公终于荣升为学院副院长了。

150

　　可是江筱月自己也没有想到，此后的她并没有多少对出卖者的痛恨，在她心里更多的却是一种在众人的异样目光和神情中而引发的混乱不堪，她的整个精神世界都是混乱不堪。江筱月现在最强烈的感觉是更加寂寞了，无一人可以倾诉衷肠，这是真正的寂寞，寂寞到了极点！江筱月又开始失眠了，并且是极为严重的失眠，十二片安眠药都不能让她睡上两小时。

　　那天白天，江筱月去参加了一个本校学生的演讲比赛。比赛结束后，一个看起来有些羞涩的男孩子，弹着电子琴，唱起了《康定情歌》。顿时整个场合一片寂静，只有那久违了的旋律在飘荡。

跑马溜溜的山上

一朵溜溜的云哟

端端溜溜地照在

康定溜溜的城哟

月亮弯弯

康定溜溜的城哟

李家溜溜的大姐

人才溜溜的好哟

张家溜溜的大哥

看上溜溜的她哟

月亮弯弯

看上溜溜的她哟

一来溜溜的看上

人才溜溜的好哟

二来溜溜的看上

会当溜溜的家哟

月亮弯弯

会当溜溜的家哟

世间溜溜的女子

任你溜溜的求哟

世间溜溜的男子

任你溜溜的爱哟

月亮弯弯

任你溜溜的爱哟

月亮弯弯

任你溜溜的爱哟

没来由地，江筱月坐在那里，有泪水静静地涌了出来。泪流中，江筱月开始梳理自己的思绪，或者说她在剖析自己的意念轨迹。为什么这样的一首歌会唤起她的悲伤与眼泪？江筱月剖析着，她想或许是于跃龙曾经对自己说过他是很会唱歌的，虽然并没有机会让他真的为江筱月高歌一曲。

接下来，江筱月又由这首符号式的歌曲想到了于跃龙曾经对她说"我爱你、永远爱你、我想娶你"的话和两个人在一起的偷欢，何其肮脏、何其无耻的偷情！江筱月蓦然无比惊讶地发现，自己早把偷情在她的价值体系里定位为是肮脏和无耻的，这一发现让江筱月感觉自己失去了活下去的支点，她的灵魂在虚空里悬浮，让她感觉自己应该离开这个世界了，如果活得没有了人生价值的支点，那么生亦何欢，死亦何惧呢？

很快江筱月又在流泪中想到了杨伟，是的，人的思维意识念头就是这样的飘忽不定，正如此刻江筱月的人生价值体系，混乱不堪、莫衷一是。是的，杨伟！她的丈夫，法律意义和心灵意义、肉体意义上的丈夫，他们曾经有过那样甜蜜快乐的时光，曾经在一起誓言相许永不分离，可是他们夫妻相守的时光本来至少也要有几十年吧，但仅仅不过是十来年的时间，这份感情就完全变了味，变得不成样子，丈夫有了情人，而自己也越了轨，背叛不仅仅是哪一方的，而是两个人同时的，这是多么可怕的事！这份感情早已不堪回首，小楼昨夜又东风，江筱月却在灵魂的虚空中失去了活下去的人生价值的支点。

不过梳理到这里，女博士江筱月认为她的以至于流泪的悲伤，最重要的原因正在于这首歌唤起了一种久违的情愫。是的，这首歌表达了一种热烈而真诚而纯洁的爱和情，可江筱月现在的爱和情其实早已远离了这些内涵，或许热烈还有，但是真诚与纯洁却如天上云、镜中花、水里月一样不可追寻了。要知道，曾经的这些热烈与真诚、纯洁的内涵是江筱月的爱情中的主打内容，是不可或缺的。

现在的江筱月也感觉自己同于跃龙一样无法再回到过去，回到灵魂故乡、精神家园了。

151

又一个失眠的长夜，当这一天的太阳升起来，江筱月以为自己已经好起来了，在这一年之始的初春时节。可是当她走进学院大门，却发现自己不过是能够木然地面对着绝望而已，虽然现在人们对她的那种异样神情与目光也渐趋正常了。春天来了，心情应该飞扬起来，可是江筱月的心，却已经在春天来临的前一夜死去，抑郁地死去了。

我是个坏女人吗？我是个坏女人吗？江筱月曾经不断地这样追问过于跃龙，但是现在她的回答是肯定的：我是一个坏女人！这是毫无疑问的，背着丈夫去和别的男人偷欢，还一度在一边痛苦地自责，一边仍然贪图肉体的欢乐，放荡又无耻，沉湎于其中无法自拔，直到被人家绝情地抛弃。可这样无耻又放荡的江筱月却在人前做出一派淑女贞女状，理直气壮地指责丈夫的不忠，道貌岸然地为人师表，措辞激烈、振振有词地抨击着时下的道德危机，多么无耻同时又是多么虚伪，这一切是多么让人恶心！这哪里还是我？是的，这不是江筱月！她是谁？我不认识，可是她就是以江筱月的名义活着，现在的我已经无法面对我自己，我痛苦不堪，却无以解脱，长夜在焦虑中失眠。是的，我无法走出自己心里的阴影，自杀或许是我最好的解脱。都说古代人的自杀行为是迫于环境的恶劣不得已而为之，而现代人的自杀却更多地源于心理上不能解脱的死结。一夜夜地失眠，备受折磨，可在人前我还得是那个体面的江筱月，我得满脸阳光灿烂地微笑。我心理上的死结无法解开，尽管我是心理学博士。谁来为现代都市人空前的道德危机埋单？

152

开始的时候，于跃龙说什么也不相信江筱月会真的自杀，当于跃龙做编辑的那家报社把江筱月自杀的消息当成社会新闻来编发的时候，他的灵魂强烈震撼，受到了巨大的空前的剧烈冲击，如同巨大的印度洋大海啸强劲地爆发一样。

江筱月自杀以后好久，于跃龙的内心世界才渐渐平和下来。平和下来后，他一遍遍地告诫自己必须让自己学会拒绝诱惑。是的，他已经不再是当初的那个他，现在的他充满了罪恶，已经不值得再进行自我欣赏，也不配再自我留恋了。

一切的一切，都将慢慢淡去，一切的一切，都将离我的生活远去，我一定会做到内心平和。于跃龙最后学会了内心的平和，平和得近乎冷漠，是的，这一点在不到半年的时间里，他就做得差不多了，可是他却仍然没能够真正拒绝诱惑，不同的是这次他是投入了真情。

可是不久，那个和于跃龙才好上的女孩子竟然也绝情地离开了他，于跃龙的伤心要胜于当初的江筱月，而他受到的冷落也更甚于江筱月。那个女孩子做得远比当初的于跃龙更绝情，她甚至在分手后连一次电话都没有给于跃龙打过。一时间，于跃龙也痛苦，长夜失眠，可他没有自杀，只是大病了一场。

153

自从杨伟断然又绝情地与小青电话别过之后，她几乎控制不了自己要去打杨伟的电话，或者发短信给他；虽然她总是找各种各样的理由来阻止自己，可是她同时又能找出太多太多理由来反阻止。

不想那天杨伟却在收到了小青的短信后，居然回了电话，小青当即就紧紧抓住机会，一再地说愿意做杨伟的红颜，可杨伟却悲凉又无所谓地回答说："红颜，多么美丽又缠绵的词啊，可惜，在这个词的背后有太多的无奈、太多的辛酸和太多的苦楚。说一句不怕你伤心的话，一个真正爱着自己的女子，是不会让自己充当这样尴尬的角色的。而一个真正爱你的男人，也不会让你这样的，他更渴望的是让你成为他老婆。"杨伟说到这儿，停顿了一下，他想知道小青的反应，可是电话那端的小青在沉默，杨伟于是接着说，"这就是说，这个男人根本不爱你，或者说他爱的只是你的肉体。但是你知道吗，我现在真的没有了性的渴望，真的，我连性幻想也没有，她的死让我对性充满了罪恶感和恐惧感。在没有了性幻想和性渴望以后，我发现，我一点也不想你了，这就是说，我爱的只是你的肉体。也许你要骂我了，也许你要哭了，但是现在都市里空前的道德危机不是你痛骂一顿、痛哭一场就能解决的，其实我现在也在痛骂我自己，并且有的时候，我还痛哭……"

是的，杨伟没有瞎说，他在江筱月自杀后，把事情简单地归咎于小青的吐露实情，让江筱月对情感绝望才自杀求解脱的。杨伟不知道他自以为百分百正确的理解中，只有在渴望解脱这一点上，他没有理解错。于是杨伟就在这种理解中不断地痛骂自己，也曾经痛哭过。可是不管怎么样，生活还得继续，他是一个儿子同时也是一个父亲，他还是一个优秀的成功的高级工程师，他不可能也以自杀来求解脱。杨伟的心情渐渐好了起来，听些老歌，又陆续约一些久未见面的朋友聊天。是的，在生活中，除了爱情，还有很多美好的东西值得我们去欣赏、去享受、去感激。

154

在这个电话之后，小青决定真的离开青岛。告别了青岛，她决心重新开始自己的人生，她痛下决心今后绝不再破坏他人家庭，要靠自己的努力和汗水开始一个正常而道德的人生，重归于一种纯洁的家庭生活中。杨伟知道她的想法后，马上大力支持，于是小青在杨伟的帮助下，改头换面，用一个姓名全新的身份证，注意，不是假的身份证，而杨伟动用了好多社会关系，给小青弄了个真实有效的简历和身份证。于是小青得以顺利地离开青岛开始了她的人生，她在高考取消年龄限制后，考取了南省一所专科院校，开始了她向往已久的大学生活。她决心在专科毕业后，一定努力升本，再读研，杨伟也表示一定出钱供她。

在南省读着大专的小青心里最放不下的其实是所有人都想不到的江筱月。

江筱月发现小青有着那样悲惨而无奈的身世和经历，她的心灵被震撼了，毕竟人性本善嘛，这一共同点，让她们找到了彼此沟通的契合点，于是她们终于握手言和了。这是小青多么希望看到的局面，可是现实中根本没有发生，也永远不可能发生，因为江筱月死了。

开学后不过两个月，杨伟就收到了小青辗转从南方寄来的一千只纸鹤，说是让他挂起来，可是杨伟却把它们全都烧了，一只也没有保留。他烧给了自己的妻子。

155

小青在寄那一千只纸鹤的时候根本没说是给谁的，但其实她在寄的时候，精神忽然恍惚起来，总是想流泪，因为她想到了江筱月。事实上，在她决定折一千只纸鹤的时候，她想的就是江筱月。小青听人家说，折够一千只纸鹤，就可以实现一个愿望，如果可能的话，她希望有来生，来生让杨伟和江筱月能够幸福一生，白头偕老。那一千只纸鹤，就当是自己送给他们的新婚礼物，那一千只纸鹤里，全是真诚的祝福。

学习是比较松闲的，小青从同学那里找来了许多A4复印纸的包装纸，那是一种浅蓝色有简单图案的纸，质地很好，她先把纸裁成相等宽度的长条，再裁成四边等宽的小方块，只一天工夫，小青的抽屉里就堆满了这种蓝白相间的小纸块。她原本是打算一天折几只，用几个月来完成，可是她一经开始动手折，就再不想停止。看着一个个小纸块在她的手指间变成一只只精致的纸鹤，小青便会在心间充满了感动，她会不知不觉地折下去，一直折下去，当班主任看到小青在上课时间弄这些的时候，忍不住教训了她。于是小青的纸鹤就只能转移到图书馆，当她在图书馆折纸鹤的时候，曾经有一位同学开玩笑说："折了干什么，当柴烧啊？"另一位同学则取笑她说："你是想感动谁啊？"说实话，小青不知道自己是否在下意识当中，还希望能感动杨伟，可是她心里再清楚不过，自己再努力，都无法感动他。

156

小青仅用了不足十天就折够了这一千只纸鹤，折好之后她数了一遍又一遍，刚刚好一千只，不多一只也不少一只，而且每一只都完全出自她的手，没有让别人染指分毫。每一只都一模一样，展开双翅，仿佛要飞翔的样子。可是她看着这一千只纸鹤，却给它们找不到归宿。

杨伟在分手时答应过小青至少每月打一次的电话，但从来都没有打过。在同小青分手后，他的电话就永远都是没有人接听，可是小青依然在每次经过电话亭的时候必定拨一遍他的号码。在下半年里，小青只有一次把那个电话号码拨通了，却是别人接的，原来杨伟的手机号码已经换了主人，小青却没来由地问人家："杨伟是不是很优秀？"

那个人感觉好笑极了，因为他根本不认识杨伟，但他还是肯定地回答小青说是的。

是的，他很优秀，而我何其卑微。小青对自己说。

最终小青无法忍受那一千只纸鹤在她的眼前空放着的事实，小青想办法让她同学代替自己寄给了杨伟的一位同事，让这位同事代转杨伟。记得小青打电话的时候，是这位同事的妻子接的，她听完后，答应了帮小青这个忙，然后她口气幽幽地对小青说："你还是在做梦的年纪啊！"

寄纸鹤的时候，小青站在邮局铁栏杆外踮起脚往里看着工作人员把她的纸鹤倒进邮局用的纸箱里，她生怕漏掉一只。在那个包裹箱上是以她同学的名义写的地址。

157

杨伟收到同事代转的一千只纸鹤后，并没有如小青所希望的那样受到感动，相反他很是恼火，他甚至认为这是小青居心叵测地想让他的同事知道他的丑事，但他忍住没有打电话找小青兴师问罪。

一千只蓝白相间的纸鹤默默不言，可杨伟却慢慢有了感动，不过他把小青的这一举动，理所当然地都理解成小青是想感动他，他还再三考虑，最后得出的结论总是这个。于是杨伟没有对小青有一点表示，只是把这一大堆足足有一千只的纸鹤都烧给了妻子江筱月，以此向她谢罪。其实与其说谢罪，不如说他就是想让自己心里好受一些，不需要女人的真的杨伟，现在感觉自己好纯洁，他甚至为自己而感动。

看着纸鹤在江筱月的墓碑前化成了纸灰，他相信江筱月一定会从尘世的情感困惑中解脱出来，在天堂里的她是快乐的。这一想象让杨伟感到安慰。不管人们如何说男人的情感不可靠，但是男人其实对感情的态度是很重很痛的，他们会对自己爱的人怀念终生，甚至他们也会付出巨大的代价来惩罚自己。杨伟对着江筱月的墓碑暗暗在心里说。

"谁来为现代都市人空前的道德危机埋单？"

真真切切地，杨伟听见了江筱月的声音，听见了江筱月发自天国的痛切拷问，拷问着现代人的婚姻道德，追问着都市人爱情的持久度和纯真性。